歌なればこそⅣ

屋 繁男歌集

文芸社

「歌なればこそⅣ」に寄せて

元陸将補
矢野　義昭

歌人としてご高名の屋繁男先生の歌集『歌なればこそⅣ』の巻頭言を記すという大役をお引き受けしたものの、歌の世界には素人の私が、僭越なことを申し上げるのは、心底はばかられる。

いろいろと思いあぐねた末、本文中で私の心に残った歌を、簡単な所感を付して、ご紹介することとした。屋先生の御歌に対する曲解その他のご叱声のあることをあえて甘受し、読者の皆様の水先案内役として、いささかなりともお役に立てることを念じている。

一　日本古来の歌の精神「ことだま」探求の旅

本書を拝読して、日本浪漫派詩人という言葉を連想した。あるいはホメーロスなど古代ギリシアの漂泊の吟詠詩人を思わせる、羇旅の詩人でもある。

筆者の想いは、日本古来の歌の精神「ことだま」の源流を求めて、古今東西の詩的世界を駆け巡る。その源流は、記紀万葉の世界にあるのかもしれない。柿本人麻呂の時代、さらには文字がまだ無かった時代の人々の歌垣の心にまで遡ろうとしているかのようだ。

日本人の源流がどこにあるかは、現代の遺伝子学をもってしても、定かにはしがたいようである。どうも北方、南方、大陸など各方面から多様な民族が日本列島に流入し、古い時代に混血融合して日本民族は形成されたようである。

しかし、その有力な一派が、温帯又は亜熱帯モンスーンの現在の雲南あるいはミャンマーの少数民族と同根であり、衣服、住居、食物など共通する面が多々あることは知られている。雲南では今も、短歌の源流と言える歌垣の風習が伝えられ、天地万物に霊を見る素朴な御霊信仰が生きている。

雲南の歌垣の村にて千年の　榕樹《ようじゅ》を情樹と呼びて集えり

本歌集では、時に、万葉調の雄渾な調べも謳《うた》われる。

筑波峰の彼方明るみて那須の森　夏うぐいすの声しきりなり

歌人はまた、今なお、妖怪、お化け、物の怪や霊魂を何の疑いもなく受け入れ、アニメに描き世界を魅了している、日本人の心の奥に潜む、太古以来の魂の不思議を凝視している。

いくつかの虫のようなる自己を持つ　日本人ゆえ成り立つ漫才

「ヒューマニズム（人間中心主義）の時代は終わったのだ」。

もののけが　森の奥より現れて　立ちて踊れる乳房の大杉

祖先霊への祀り、自然への畏敬、万物に霊性と魂を見る日本人の宗教観と自然観への想いが歌集の随所に窺われる。

そのような心性の持ち主は日本人とは限らない。むしろ、純粋素朴なアジアの人々の中に、今も純粋な姿を留めている。

精霊を信じる老人、見つめてる　この世とあの世を同時にその眼で

パプアニューギニアでは、今も活き活きと精霊が生きている。

雨あがりゃ、ドックドックの面かぶり　森の精霊に会いに行かんや

首狩り族の野性味にもどこか親しみを覚える。

投げたれば幹にブスリと刺さりたり　マリヤ・ゴンドの矢　すぐには抜けず

詩人はインドの雑然とした多神教の世界に、懐かしさを禁じえない。

ベナレスの露路うら通る牛のむれ　壁におしやられればリンガが笑う

インドでは人よりも動物の方が堂々としている。

夕ぐれのデリーの雑踏を犬が行く　人かき分けて堂々として

スペインでもローマ、ギリシアの神々の匂いがする。

自閉症の少女が時計を壊してる　オリーブの影スペインの夏

その昔人も獣も鳥葬に　ロアレ城上空　禿鷲の舞う

歌人にとり愛孫と並び最も身近な存在である、愛犬ゴンも愛すべき魂の持ち主だ。

駅前の人ごみの中でじっと待ち　吾を見つけてゴンは喜ぶ

松原に白波次々寄せ来れば　ゴン後ずさりしてまた吠えかかる

哺乳類と言っても思いは通じる。皆同じ仲間だ。

赤ちゃんが　落下する寸前飼い猫が　駆け寄り支える　哺乳類の不思議

二　大東亜戦争の英霊慰霊の旅

連綿と伝えられてきた日本人の魂は、多くの英霊により護られて受け継がれてきた。魂への想いは詩人の大東亜戦争において戦陣に散った将兵への鎮魂の旅でもあった。

榕樹《ようじゅ》の木　戦車の中を貫いて　朽ち果てるのを抱きしめており

熱帯のジャングルに眠る英霊を、榕樹の枝が母の腕《かいな》のように抱きしめている。そのもだえるような枝ぶりが、母の想いを語り継いでいるかのようだ。

日本海軍の圧勝に終わったルンガ沖海戦の夜戦の幻影を詩人は見る。

今まさに　駆逐艦隊の幻が　サボ島の南をルンガ沖へと

日本陸軍の勇戦敢闘ぶりへの尊崇の念は、今も地元の人々に伝えられている。

日本軍撤退の地の記念碑を　小さな老婆が今も守れり

当時の激戦の跡は今も遺る。しかしそれは単なる兵器の残骸ではない。当時の日本軍の戦意が今も籠められている。大発動艇、略して「大発」と呼ばれた日本陸軍の上陸用舟艇が今も当時のまま、明日にも出撃を待つかのように、一列縦隊のまま残されていた。

壕の中　大発五隻縦隊で　風化に逆らい海をうかがう

大発は風化すれども劣化せず　兵士の思いがなお迫り来る

インパール作戦の地にも詩人は鎮魂の旅を続けている。あの戦いから七十四年、その間、日本人は何を受け継ぎ、何を成し遂げてきたのか。

朝日さすコヒマの街に　うす煙　たゆたい登れば　昭和九十三年冬

日本兵への思いは、強さだけではなくその優しさ、無念さとともに、今も地元の人々にとり忘れえぬ思い出となっている。一部の国が言い立てるような暴虐な日本軍将兵であったならば、このような涙も信頼もあり得ない。

烈兵団に水食糧を都合した　古老は泣いて当時を語りぬ

自分たちによく似た日本兵の笑顔をば　住民たちは最後に信じた

コノマ村の段々畑を横に見て　烈兵団はコヒマに向かいし

日本兵らは小柄でシャープだったと祖父の言を　我等に伝える村の青年

今もコヒマの地には日本兵の霊が漂っているに違いない。彼らは慰められているのだろうか。

点々と万の灯りがともっている　コヒマの山肌に　日本兵の霊

粗末なる烈兵団長の小屋の前　花に囲まれほほえましけり

フィリピンでも鎮魂の歌は謳《うた》われた。遺児たちはルパング島で救出された小野田少尉に亡父の姿を重ねる。

小野田少尉救出の際　切なくも　遺児らは思えり　亡父もかくやと

三　身近なものへの愛惜の歌

歌人の眼差しは身近なものへの愛惜に満ちている。西馬音内盆踊りの踊り手に縄文以来の先祖祭りの面影を見ている。

頭巾上げ顔のぞかせた彼の乙女　月を眺めて笑みてひと息

東北大震災の地にも赴き、被災者の魂の傷みに思いを馳せている。

ガレキ焼く煙の彼方に竜王の　赤き鳥居のみ傷つき残る

残された愛犬の姿が痛々しい。愛犬にはまだ死者の姿が見えているのかもしれない。

愛犬が棺の周りを回ってる　南三陸町の遺体置き場で

救援に赴いた人すら気がふれるほどの惨状だった。

被災地への救援医療団に加わって　己が気ふれた女性が一人

青森ねぶた祭で元気を得る。縄文の霊力が大太鼓の響きと共に伝わってくる。

あんなにも誇らしげにも打つものか　津軽のネブタのあの大太鼓

塩原温泉の露天風呂に浸り、改めて日本の自然の恵みと安らぎを感じる。時に大地震を起こし、瞬時に多くの人命を奪いつくす恐ろしい自然、それと同時に露天風呂の安らぎを恵む自然、そんな自然と共に日本人は一万数千年も魂を磨いてきた。

人間が自然の一部でいきいきと　露天風呂とは日本そのもの

詩人の魂にとり最大の安らぎは愛孫と愛犬ゴンだ。いつの時代も変わらぬ光景だ。命のつながりがしっかりと見て取れる、この至福の時。

柴犬とピンクの小さなスカートの　ユカが駆け寄り爺々よみがえれり

令和二年師走

目次

短歌

国外より

インド

二〇一一年二月十三日〜二十日

ガンジスの朝

日本の若きウナリ（妹神）の形見をば
ガンジスに流さんと吾は行くなり

朝霧の川面をこいで行く櫂の
間をぬって灯籠が漂う

アビナッシュがガンジスの水を吾額に
つけて祈れば鉦《かね》の音聞こゆ

五匹程の魚を流して後生をば
祈ればガンジスに霧がたちのぼる

アビナッシュの父母と同じガンジスに
吾等のウナリ（妹神）の形見を流さん

今まさに流さんとするその時に
かすかに音するウナリ（妹神）の形見

薬師寺の僧侶が日の出に読経する
頭光りて吾舟をよこぎる

ガンジスの勤行より帰りし薬師寺の
管主と語らんラクシュミー（吉祥天）の来歴

プージャ祭り

お祈りの唄声ひびけば宵待ちの
月は上がりぬガンジスの上に

赤や黄の花散華して鉦ひびき
沖行く舟の灯ろうゆれる

往く舟の灯ろう眺めて身をよじりゃ
大きな黒牛吾前よぎる

太鼓の音は祈りの唄声はげまして
吾等を何所へ連れてゆくやら

キャラ木を壺にて燃やせばガンジスの
闇の彼方へ煙は昇る

横断幕「Ganga Seva Aibhic（Soccity）」神の居る
最後の場所ガンガー左岸

化け物が出るといううわさバラナシで
つぶれかけのホテルが二件

ベナレスの露地うら通る牛のむれ
壁におしやられればリンガが笑う

カルカッタ（現コルカタ）　カーリー寺院の供犠

右腕に赤い毛糸の輪をまいて
吾も見守る山羊のいけにえ

壁際に黒山羊二匹つながれて
おびえてよりそいふるえているよ

ほふる前自らの頭を飼い主は
供犠台にのせ祈っているよ

ミャウミャウと最後の声を山羊達は
上げて運命に逆らわんとす

ほふる人モンゴロイドの威厳あり
一瞬周りをじっと見まわす

喧噪の中に一瞬沈黙が
流れて祈って首とびにけり

あどけなきインドの少年と手を合わせ
吾も必死に祈っていたり

手を合わせ血飛び散る中祈れども
山羊は次々ほふられてゆく

落ちし首は暫く左右に眼をやりて
事の次第を探っていたり

鮮血が首よりしたたり犬がなめ
沈黙の中とがめる者なし

その上は人間自身が自らの
首さし出したという Bahi Char（供犠の場）

今ではもう買った山羊だがその上《かみ》は
育てた山羊をほふったと聞く

山羊の頭に自らの頭を暫くのせ
少年は瞑想する、ほふるその前

犬どもはパトレラノ神の乗物で
供犠に供されることなしと聞く

傍らで犬が二匹ねそべって
死んだようにねむっているよ

鮮血はそのまま続きて大理石の
白い回廊を細く流れる

台の血を指ですくって己が額に
人々ぬって手をば合わさん

山羊の死に人らは何を見てるのか
死ぬべき運命と生きている不思議

山羊たちは血の女神カーリーに捧げられ
この世からあの世へ一足先に

寺の外のカレー屋に出るマトンには
供犠の山羊がけっこう出ると聞く

路上にて狂女ねころび叫びおり
添い寝の犬は身じろぎもせず

バタつかす狂女の手足も疲れはて
夕やみせまるカーリー寺院門前

ブッダガヤにて

モノローグの世界からダイヤローグの世界へと
シャカはスジャータに会い導かれる

ヒンドゥー大でサンスクリット語を学びたる
アビナッシュは聞く吾和歌の音

高速をしっぽを立てて堂々と
犬が渡るよ何事もなく

夕ぐれのデリーの雑踏を犬が行く
人かき分けて堂々として

インド、オディッサ州

二〇一二年一月二十八日～二月八日

かにかくにインドは懐かし、物乞いの
子らも天使のごとく現る

朝靄の段々畑で火を燃して
集える人らの中に入りたし

願わくば独りインドの山奥で
夕餉を乞うるおじさんになりたし

血痕のついた矢一本求めたり
アンカ・デリーの市場　売り物にはあらねど

投げたれば幹にブスリと刺さりたり
マリヤ・ゴンド（首狩り族）の矢　すぐには抜けず

道端で鍛冶屋が炎の鉄を打つ
吾も槌持て三度も振るわん

一本のマサカリ担いで市に行く
売り物にあらず護身用と言う

子に乳を含ませて土産を売る女
銭受け取れば吾すそぬらせり

朝市で羊の肉をきざみおり
犬がじっと見る　追い払うことなく

森の中で昼食とれば牛たちが
匂いを嗅ぎつけのそっと現る

インドにも燕飛ぶのか、田植えする
人らのもすそをかすめては舞うよ

母牛が子牛の背中をなめている
夕暮れせまる雑踏のただ中

牛の背のコブにカラスがとまりおり
揺れることもなく夕暮れが来る

黒牛の口元に飛ぶ虫どもを
白鷺がつつく、されど只もぐもぐ

ベンガルの輝く朝の光の中で
漁師らが網をたぐりよせている

犬どもが分前にあずからんと群をなし
のそりのそりと浜に下り来る

砂浜に落ちた小魚を鴎らが
急降下してかすめ取りゆく

一頭の黒ブタがカラスを背にのせて
浜辺に近づき小魚をねらう

後を追い山羊や羊も牛の群に
加わり朝の村から出て行く

ポンプ押す吾の手振りのたよりなさ
サリーの女子らのはじける笑い

マンゴーの大樹の彼方から日が昇る
白牛草はみ犬たわむれて

昼下がり老若男女に幼子や
犬まで加わるゴンド族の酒盛り

生涯をトカゲやサソリやライオン象
戦闘で表わすマリア・ゴンドの墓

精霊も妖怪でさえも努力すりゃ
神様になりうるヒンドゥーの世界

店先にいすわる牛に女の子
棒でつつけどしっぽ振るのみ

工芸品を目方で売るとは何事ぞ
素朴なれども気品ある馬

カサコソと林の中を黒ブタが
エサをあさって歩いて行く午後

最後には殺して食うにしてもだね
豚も羊も活き活きとしているよ

自転車で吾を運べと十ルピー
わが意図解せず若者ら逃げる

十ルピー見せれば一人名乗り出て
吾を運ばんおんぼろ自転車で

風を切るとまではゆかぬが青年は
インドの名誉にかけて漕ぎたり

初めての喜捨を私にさせたのは
ただただ子供の懐かしき笑顔だ

象にまで喜捨を私にさせたのは
哺乳類同士のあの懐かしさだ

画像にとりつかれたる日本人
物語れずに只パチパチパチパチ

マンゴーの大樹の陰でゆったりと
十数人も昼食を拡げり

――ガヤトリー・マントラ――

このことが歌に出会うということか
ガヤトリー・マントラしばし動けず

言魂を鎮め揺さぶる歌の名は
ガヤトリー・マントラ　ブバネージュクルの朝

吾が請うる「ガヤトリー・マントラ」
インド人らはすぐさま唄うよ祈りの歌を

蚊にさされた瞼をこすりて日の国の
おなごはインドの朝日を眺める

壊れたる吾ステッキにテープまき
即よみがえらせたる職人西井よ

ミナパイ村にて

精霊を信じる老人、見つめてる
この世とあの世を同時にその眼で

眼が会うと吾から視線をそらさずに
老人は一歩前に出でたり

ドンドンと彼の胸をば二回つき
吾の胸をば二回つきたり

眼つきだけで互いにわかり合い抱き合って
「ミナパイ」の真昼を別れゆくなり

パキスタン北部の旅

二〇一二年八月十七日〜二十七日

誰に会うわけでもないのに新しき
服着て門に立つ　ラマダン明けの日

くじ引きを引いてみせんと幼らが
裸電球の下　ＳＯＮＹの液晶

アフガンの夜盗に生命を奪われし
聾《ろう》少年の羊群戻らず

全身を覆って女は街中を
静かに歩むよタリバンの村

インダスへと流れ速めるキルギスの
河音聞いて一夜いねたり

カルガーの磨崖《まがい》の仏は愛らしく
懐しかねしかムスリム達も

痛がって足裏見つめるドクターは
サソリと知りて顔青ざめたり

デカン高原・ハンピ

二〇一三年

遮断機が下りてしまっても暫くは
人もバイクも悠々とわたる

前足からしたたる赤い血なめている
茶色の犬の居る朝の雑踏

夕暮れのバナナ畑を牛が行く
お馬のようにトロットを踏み

少年が瓜類売らんと座っている
正面向いて唇むすんで

大岩の彼方に夕陽が傾けば
ガイドの「ジーナ」よラーマーヤナをうたえ

ハヌマーン（猿神）が投げた大岩ゴロゴロと
デカン高原ハンピははるか

夕暮れの寺院の前で輪になって
少女らが踊るボリウッドダンス

女達には重労働だとは思うけど
水運ぶ姿のそのはつらつさ

バスの下に一家全員寝てた豚
エンジンが動けばゾロゾロとはい出る

豚たちは家畜にはあらず自活して
村の中にて常住している

群れをなし鳥たちが巣に帰りゆく
姿をインドの夕暮れにみる

母牛に乳をねだるも少しか
もらえず子牛また後を追う

幼子《おさなご》が必死に引けども牛行《ゆ》かず
市場で売られるのを知っているのか

寺院内の暗がりの中の結婚式
サルが近づき供物をねらう

もう少し間のぬけた者の方がよし
ハンピの寺の真昼の結婚式

バーダミの夜のカップ麺での年越しソバ
吾通訳の涙ぐましも

今や人は岩のうねったくぼみこそ
聖なることに誰も気づかず

ハンピ王宮跡登壇への登り階段より落下
二〇一三年一月三日

遺跡から落ちた瞬間ステッキで
地面を突きてかすり傷のみ

吾身こそ助かりこそすれステッキは
見事に曲がり真っすぐに突けず

ステッキが吾身を護りてポンコツと
なりたる以上は供養してやらな

アフリカ

二〇一三年

人間も時には食べられる方がよいのだ
エコなんて大ウソよりマサイの生活

エコなんて大ウソ言わずに必要なのは
狩猟に類する何らかの「もの」

倒されたるヌーの皮をば子ライオン
引っ張りちぎって周りを見回す

登頂に成功したばかりの御夫婦と
キリマンジャロに象を眺める

甑島《こしき》島は薩摩半島の沖ではなく
天草の下と海人は言う

軽やかに鳥さえずればバオバブも
キリンとともに寝ざめたならんや

ワラ屋根の村の彼方に夕陽落ち
バオバブの下に子供ら集えり

時々は象もやって来るワラ屋根の
夜の深さよ、心細さよ

中庭の小さなプールに象が来て
夜中に水浴びすると言うらし

水浴びの象のしぶきがメイド部屋の
Keshyの窓によく当たるらし

一声を上げて頭上に吾が荷物
載せてマサイの女は進む

黒い肌があんなに魅力的なものなのか
ろうそくの下、黒が光るのだ

有名な喜劇俳優も、黒い肌の
女性に引かれてアフリカ通い

夕闇が押しせまり来て象の群れ
地平線の彼方に今消えんとす

月明かりに黒々とした塊は
うずくまりたるバッファローの群れ

六ヶ月の孫を持ちたる運転手
生まれて三ヶ月の子象をいたわる

朝焼けのキリマンジャロ見てチャイ飲めば
試合勝利のしらせ来たれり

サバンナに夕闇せまれば縞馬ら
交互に首乗せ静もりたまえり

音もなく朝もや流れてキリマンジャロ
そのシルエット俄かに現わる

おりからの日の出を受けて山肌が
輝き始めぬキリマンジャロ

後ろ髪引かれる思いを知りたるや
キリマンジャロはまだついてくる

裸のサルはここ大地溝帯で狩猟して
システム作りて人間となりぬ

天帝の網の端にもかからんと
歌詠の徒は今日も歌詠む

インド・ラジャスタン紀行

二〇一五年一月二十八日〜二月五日

ジャイサルメールに卵のような月が出りゃ
通訳バワンよ「ギーター」を唄え

ゆるゆるとラジャスタンの野に陽が沈む
ジャイサルメール城は身じろぎもせず

爺さんと瓜二つだと言われたる
女性と夕陽を眺める幸せ

晴天の地平の果てまで菜の花が
続いた先にジャイサルメール城

警官の髭を引っぱり抗議する
太った老婆　サリーをひるがえす

陽が沈み　昼間の光が残れるに
砂漠には月がやっぱり似合う

夕暮れというにはまだきに月輪は
その青き身を　砂漠にうかべる

女らが砂漠ツアーというものに
心洗われんと行く時代なり

少しだけトロットで走りて吾ラクダ
まぶたを閉じてすまして歩めり

女らが炎に飛び込むジョハール
赤い手形を壁に残して

殉死という古代中世の身体性
取り戻す必要があるかもしれぬ

物乞いは初めてらしき少女たち
手を差し出さんとして　顔こわばれり

サーランギーの音流れ来たれば犬は鳴き
少女が唄う　ジョドプールの春

踊り出る幼ら二人父と母
サーランギー弾き　必死に唄う

男根が巨大なゆえに妻妾
全員逃げたるマハラジャ哀れ

一頭の牛が他の牛のお尻をば
しきりにつついて小水を飲む

インド、ラジャスタンよりもどりて

インドよりもどれば雪国
眠れるゴンとユカの家にも降り積もり来る

スペイン・パンプローナへの旅

二〇一五年七月四日～十二日

トロ（牛）、トロと仕草まねれば固肥えの
男らがにっこりピレネーの夏

地中海を飛ぶ

シチリア島すぎてサルジニアさらに越え
パンプローナの牛追いを見ん

自閉症の少女が時計を壊してる
オリーブの影スペインの夏

時計をばひん曲げはりつけ近代を
拒否する夢を、なおむさぼりぬ

パンプローナにて

先頭の男らうやうやしく最敬礼
生命の偶然性を明かさんとせん

人倒れ牛が踏みつけ疾走する
死とたわむれる時間一秒

負傷者がインタビューに答えるさわやかに
死の隣り人英雄なりき

インタビューされるぐらいの傷がよし
重傷者軽傷者その機会なく

少なくとも時間と空間共有す
死者も傷者と無傷の者も

背に赤い血をしたたらせる牛の身に
今こそはせん四十年の歳月

剣刺し、牛倒れるまで闘牛士
祈るが如くに眼を閉じており

七月九日

アラゴンのドナ・ベ・イザベルの地下聖堂に
古希の身引きずり今静まりぬ

本当の住民は去り、その気配
クリプトに残してドナ・ベ・イザベル

七月十日　ソルージャの街のポストに　真昼

「イスパニア賛歌」の詩人の魂に
頼みて葉書を今投函す

今もなお燕が住みつく鐘楼は
昼の知らせを打ち続けており

仮装して大食事会とはいうものの
日本人から見れば中世そのもの

その昔人も獣も鳥葬に
ロアレ城上空　禿鷲の舞う

パプアニューギニア紀行

二〇一五年十二月二十六日～二〇一六年一月二日

森の精霊ドック・ドック

草むらに身をひそめたる幼らが
我等を待ちおり　精霊のようだ

雨上がりゃ、ドックドックドック（精霊）の面かぶり
森の精霊に会いに行かんや

拍子とりドックドック（精霊）と川下る
奇声を上げては　森にあいさつ

ガダルカナルにて

海面に付かんばかりに一直線
一撃離脱の　ベティ（一式陸攻）の神技

装甲の薄さを何度も確かめる
ベティボンバーこと一式陸攻

榕樹《ようじゅ》の木　戦車の中を貫いて
朽ち果てるのを抱きしめており

これはもう悲劇にあらず喜劇なり
若き兵士らの無念こそ思え

一木支隊全滅の地　アリゲーター・クリークにて
横たわる兵士らの顔がうかび来る
全滅の浜、アリゲーター・クリーク

ルンガ沖夜戦

今まさに　駆逐艦隊の幻が
サボ島の南をルンガ沖へと

駆逐艦隊　敵巡洋艦隊を撃滅す
よひどれ将軍四十五分で

サボ島出身の吾ガイド、熱込めて
ジャパン・クルーザー・パーフェクト・ビクトリー

夜戦にはやたらと強いジャパン・ネイビー
不思議な顔するガイドのアルバート

日本軍撤退の地の記念碑を
小さな老婆が今も守れり

連隊旗、身に巻いて自決す岐阜高地
昭和九十年　サイクロンの風

鼻先をカニにはさまれ犬が吠え
ヤシの木の下　エスペランス岬

ラバウルにて

ヤシの葉の屋根にしきりに雨が降る
白い玉となりぞろぞろと下る

訪ね来て　スコール降り止まぬラバウルは
ヤシの葉陰の昭和九十年

残骸というには多く残りたる
零戦の翼　二十ミリ機銃ニョキ

森の道　一面に花　prangipani
踏まずに歩むラバウルの朝

壕の中　大発五隻縦隊で
風化に逆らい海をうかがう

大発は風化すれども劣化せず
兵士の思いがなお迫り来る

ラバウル温泉（マテュピット湾）

静かなる湾の入江に湯がわけば
花吹山は真すぐに迫る

湯につかりゃ花吹山が迫り来る
ここはニューブリテン　ラバウル温泉

四、五メートル　沖に泳げば足たたず
急いで浅瀬に　岸辺はざわめく

兵士らの子供の世代であるからにゃ
いざ唄わんや　ラバウル小唄

湯につかりゃ鎮魂の思いが迫り来て
誰はともなく　ラバウル小唄

水中よりラバウル小唄高唱すりゃ
添乗員岩間嬢　しきりに手を振る

二〇一六年一月七日

パプアニューギニアよりもどりて　井の頭弁財天　昼前

線香の煙を孫にまた犬に
弁天がほほえむ井の頭の森

ナガランド紀行

二〇一八年十一月二十九日〜十二月八日

朝日さすコヒマの街に　うす煙
たゆたい登れば　昭和九十三年冬

明けくればコヒマの街に鶏の声
朝凪の山々にこだます

烈兵団に水食糧を都合した
古老は泣いて当時を語りぬ

自分らによく似た日本兵の笑顔をば
住民たちは最後に信じた

しわくちゃの笑顔で自己の時間をば
一瞬捨て去りて　互いにわかりし

点々と万の灯りがともっている
コヒマの山肌に　日本兵の霊

トリの声コヒマの街に聞こえれど
山々も雲も　まどろみの中

入日さすコヒマを背にしてうそぶけば
二匹の小犬　駆け寄りじゃれる

コヒマ攻略途中の烈兵団が通ったコノマ村にて　夕方

コノマ村の段々畑を横に見て
烈兵団はコヒマに向かいし

日本兵らは小柄でシャープだったと祖父の言を
我等に伝える村の青年

子供らがなわ跳びすれば鶏は
足元かける　コノハの広場

暮れなずむ高館に登ればアオ族の
八千人の　息ただよへり

小さな王国を訪ねて

王様の衛兵番刀を手に持ちて
少しはにかみ我等に同行す

王様の異母弟殿下が実演す
麻薬の吸引　いろりの上で

首狩りを三人もした英雄が
マニーマニーと手を差し出しおり

王国は消費社会の攻勢に
崩壊寸前　なお耐えうるか

機織りに夢中の老婆　鶏が
籾をつつくを　咎めもせずおり

ロンサ村（ロタ族居住地）にて　昼　十二月三日

鶏が籾ほしむしろに近づけば
老婆が棒持て追い払いおり

朝早くアオ族の少年たちとＰＫ戦
その少年らもイニエスタを知れり

アッサムの稲穂の波に身を沈め
最後の旅を　今終わらんとす

佐藤中将のおられた小屋をたずねれば
干し布の間より笑顔の乙女

粗末なる烈兵団長の小屋の前
花に囲まれほほえましけり

首狩りの老人たちをけしかけりゃ
ヤリを投げては地面に突き刺す

出陣の唄を望めば十数人
低き声にて唄い始めぬ

コルカタの夜を裸足でとりどりの
風船を持ち男が歩む

フィリピン

二〇一九年三月七日〜十一日

二〇一九年三月十日　ＰＭ四：〇〇　コレヒドール島よりマニラに帰る船上にて

夕陽を背に舟は近づくマニラ湾
一面のビル群　祈りをさそう

沈む陽に　にぶく光れる摩天楼
人の営みのなんと切なき

二〇一九年三月十日

このあたりの坂ゆくジープに父上が
乗っておられた　大西中将記念碑付近

二〇一九年三月十一日

小野田少尉救出の際　切なくも
遺児らは思えり　亡父もかくやと

古希こえた戦争遺児に一首詠み
三月十一日の日本に戻る

国内にて

西馬音内盆踊り

二〇一〇年八月十八日

身をそらし白い手差し上げ闇を切る
篝火ゆれる西馬音内盆踊り

編み笠の女子ら連なり手を伸べて
道に踊れば月は上がりぬ

あどけない亡者頭巾を被りたる
少女の手付きに歓声上がる

頭巾上げ顔のぞかせた彼の乙女
月を眺めて笑みてひと息

西馬内音頭の響きを身に受けて
亡者頭巾の踊子ら舞う

東北大震災地におもむく

二〇一一年八月

二〇一一年八月五日　福島県いわき市四倉の港にて

被災地の仮設食堂の隙間より
海を眺めて　割れスイカ食う

高窓に達した水位を指さして
女将は寂しく笑みをば返す

二〇一一年八月六日　PM二時半　宮城県東松島市東名《とうな》漁港

ガレキ焼く煙の彼方に竜王の
赤い鳥居のみ傷つき残る

愛犬が棺の周りを回ってる
南三陸町の遺体置場で

二〇一一年八月七日

避難所で母を火葬したその夜の
恐ろしく綺麗な星づく夜を語る

二〇一一年八月六日　石巻日向山にて　真昼

見渡せば瓦礫の煙の彼方より
かすかに聞こえる大漁唄い込み

二〇一一年八月七日　ＰＭ二時　気仙沼

焼け残ってそのままそこに置かれている
その名も哀し　鹿折歩道橋

二〇一一年八月七日　ＰＭ二時　気仙沼

日の丸が焼けただれたる歩道橋に
掲げられており　何度目の敗戦

二〇一一年八月七日　石巻港にて

陸上にあるはずもなき汽船あり
鴉《からす》があそぶ第十八共徳丸

操舵室が逆さに落ちて突き刺さり
赤茶けたままの第三十五豊進丸

二〇一一年八月八日　釜石港にて

岸壁に食い込んだまま動けない
亜州欣和号（アジアンハーモニー号）釜石の港

二〇一一年八月七日　気仙沼港　夕方

対岸の人家に灯一つなく
気仙沼港　陽暮れんとす

夕闇が迫ればこの街の哀しみが
さざ波と共に押し寄せてくる

魚市場の三角屋根にすがりつき
助かった人を女将は語る

二〇一一年八月九日

被災地への救援医療団に加わって
己が気ふれた女性が一人

二〇一一年八月九日

この旅館に避難中の被災者の
半分ぐらいはアル中と聞く

二〇一一年八月十日

津波来し　その時のままに亡き妻の
ゴム長たてて海眺めおり

上高地明神池嘉門次小屋にて

二〇一一年九月十四日　真昼

嘉門次の小屋にて鮎に串をさす
赤シャツの青年に陽はこもれ落ち

頼りなげに鮎に串さす青年の
すきをばついて二三匹逃げる

赤々と火は燃え盛り鮎を焼く
明神岳が見下ろしているよ

思い出すこともあるだろう夏の日の
嘉門次小屋の鮎の串刺し

青森市「甚太古《じんたこ》」にて

二〇一三年七月十五日　深夜

弦をすり下ろすがたびに
聴衆の心を惑わす津軽三下がり
竹山の形見のバチ持て即興で
洋子姉さんよされよされて

歌声を録せぬままにゆきたれば
竹苑《ちくえん》の三味よ雲奴を唄え

三味の音に竹山を語ればほかい人
黒いマントで吹雪の中を

あんなにも誇らしげにも打つものか
津軽のネブタのあの大太鼓

青森八甲田酸《す》ヶ《か》湯《ゆ》にて

二〇一三年八月十日　昼

白濁の千人風呂に男らが
占拠しおれば楽しくもあらん

女一人簾の陰から顔を出し
白濁の湯中に我が子を探す

白濁の千人風呂に若い母
首までつかり幼児《おさなご》を呼ぶよ

手を振りて母かくれれば幼児は
身をばよじりて泣き叫び出す

白濁の湯に千人も入りたれば
一隅は輝く、国の宝よ

奥日光

二〇一四年七月二十五日　真昼

林の向こうに積乱雲見える時
心はせかる戦場河原に

ジブリアニメのような雲おおう
戦場河原　木道を往く

湿原の夏草の上を風が往く
入道雲がのしかかって来る

月並な校歌なれども林間に
子供らの声　うれしかりけり

つつしんで日光の立木観音様
関大サッカー部必勝祈願

塩原温泉

二〇一五年七月二十一日〜二十四日

親雀　カラスに雛をくわえられ
必死にわめきすがりつきたり

白秋の小さき歌碑ある水飲み場
馬車も寄り来て立ちて飲みおり

紅の橋のたもとの夏もみじ
中には露天の湯気こもりおり

夏木立の陰に隠れた露天風呂
声のみ聞こえて不思議につやめく

人間が自然の一部でいきいきと
露天風呂とは日本そのもの

小笠原

二〇一五年

小笠原の島影見えれば吹き上がる
潮の煙に歓声上がる

そこに出ると言えばクジラが浮き上がる
リトルジョージはラッキージョージ

忠魂の碑の所に生えた草
その碑惜しみて抜くに忍びず

ノレンをば蝶々結びに結んでる
若妻の背はまぶしかりけり

こおろぎのような音をばきしませて
舟は往く往く父母の島

三原山と八丈富士は別々の
島ではないと元キーパーの編集者

ガジュマルの木陰で午後の茶を飲めば
幼女が登りて光が揺れる

地蔵さま森の木陰で涼しげに
六本指にて杖を握れり

八丈島にて

二〇一六年二月四日　立春

みはらし温泉につかりて

目の前を黒潮流れる八丈の
島の海辺の湯につかりおり

湯につかり八丈の彼方の沖見れば
白き泡立ち絶えず続けり

白き泡　岩礁かと思い吾問えば
潮目であると村人答えり

台湾の東沖経て都井岬
串本すぎてここに至れり

台湾の蘭嶼《らんしょ》の漁民のシマラオス君
バーシー海峡をカヌーで越えたか

黒潮の泡立つ潮ノ目、伸びたりと
思えば縮みて消えることなし

泡引きて　島の沖ゆく黒潮を
春の湯につかりてあかず眺めり

春先の黒潮に乗りて飛魚が
もうすぐそこにやって来ている

飛魚漁　始まりゃ沖に舟あふれ
夜されば漁火浜は賑わう

郷土料理屋　磯崎園にて

溶岩の小さきトンネル貫けたれば
切干大根ほせる家あり

のき先に切干大根つるしたる
家は明日葉の群れに囲まれ

富士の裾野を飛ぶ

二〇一七年四月三日　昼　——爺々は飛ばなきゃただの爺々だ——

爺々とは飛ばなきゃただの爺々だと
決意してまさに今飛ばんとす

真正面に雪を被った富士を見て
身を躍らせて　今飛ばんとす

そのかみの　富士の巻狩裾野には
騎馬征く幻　春まだ浅きに

落ちたならユカが走って受け止める
その約束で爺々は飛ぶ

旋回し　地上をはるかに眺めれば
婆々とユカ　ゴンが手を振る

孫娘、じぃじぃはどこと叫んでは
富士の裾野の空を見上げる

地上からじぃじぃという声聞こえれば
孫娘　手を振り走り出しおり

大声で「旗をねらって」と叱咤する
まだ四歳の　吾孫娘

パラシュートを大鷲来たとゴンは思い
上空見上げて只吠えまくる

滑空し降りりんとすればユカとゴン
じぃじぃとさけび駆け寄りて来る

柴犬とピンクの小さなスカートの
ユカが駆け寄り爺々よみがえれり

停止して　いつもの爺々とわかったら
吾に目もくれず　パラシュートをさわる

爺々は飛ばなきゃただの爺々だと
飛んではみたけど　やはり爺々

孫・ゆかちゃん

二〇一六年四月一日

エレベーターの扉で爺々が孫のためおしりかじり虫
婆々が怒る

爺々の袖についてきた蛍
もう森に帰って光っているかな

ヒーローに大きくなったらきっとなり
爺々を守ってあげるからね　ユカ

真夏昼　本屋の片隅　やすらかに
ページをめくる　孫娘の声

三歳の孫娘めが母親に
「その先なんなのさ」　爺々びっくり

カンテキの火を起こしている母親の
後姿の丸き思い出

二〇一六年六月二十九日　昼前　良太を連れて

乳母車　押して池をばひとめぐり
井の頭の森　孫泣き止まず

プラハで買ったマリオネットを一歳の良太は大好き

幼子は　マリオットに抱きつきて
頭を外して頬ずりをせり

二〇一七年三月二十九日　リカちゃん人形展　銀座松屋店

女性らの真剣なまなざし　萎縮する
四歳の孫娘　リカちゃん人形展

母ちゃんに怒られたなら　爺々を守ったる
孫娘と買うリカちゃん人形

約束では爺々の家に置いといて
時々リカちゃんに会いに来るはず

ユカちゃんはリカちゃん人形抱きしめて
爺々のもとを無慈悲にも去る

爺々の家にいるはずのリカちゃんは
ユカの家に行って戻っては来ず

二〇一七年九月十七日　立川市丸亀製麺　湯釜の前にて　四歳の孫娘と

あのおもちゃ買えば爺々がしばかれて
釜茹でにされる。母ちゃん恐ろし

婆々が心配するから帰りなさい
四歳の乙姫　孫娘の言葉

孫娘、おろかなる爺々を常世辺《とこよべ》に
引き止めてこそ　乙姫ならんや

爺々とお菓子の国に逃げようよ
お前の母ちゃんまじに怖いよ

襖ごしにキャハハと笑う孫娘
四歳なのに吾母のＤＮＡ

ランドセルに　つまった物だけで生きられる
吾孫娘は　まさにその時

二〇一八年二月十五日　国立科学博物館
Ｄ51の車輪を見つめてうずくまり
二歳の良太は身じろぎもせず

二〇一八年五月二十七日　靖国神社遊就館にて

泰緬の機関車に乗る吾孫の
二歳の笑顔によみがえる昭和

かくれんぼ　樹齢七百年のカラ松の
洞《うろ》にまどろむ　孫らと共に

二〇一八年九月二十六日　真昼　国立駅高架下商店街にて

孫の前で大きなエビのヒゲを持ち
水より上げれば爺々は英雄《ヒーロー》

二〇一八年九月二十六日

大きなるエビのヒゲもち引き上げる
さすがに孫らも買えとは言わず

二〇一八年九月二十九日

爺々がポンプを押せばほとばしる
水に駆け寄り孫らは歓声

二〇一八年十月十四日

息ひそめ寝ている良太の髪を切る
吾らが髪結　八千代おばさん

緑の風船六首

二〇一八年十一月二日　真昼　天下一祭　一橋大学西正門付近にて

風船は孫の手を離れ大空へ
この大きなる喪失体験

店先のおばさんが言う「ま、かわいそ」
孫は喪失の大きさにとまどう

母ちゃんにも爺々にさえも風船は
取り戻せない飛べないのだよ

この世にはどうしようもないことがある
戻ってこない空ゆく風船

「風船は飛んでいったなあ」いつまでも
くり返し言う　まだ二歳半

飛んでゆく風船のあること、まさに今
孫は知り泣けり　爺々も泣けり

二〇一九年三月二日

爺々に「神経衰弱ゲーム」を挑む孫
すでに神経衰弱なのに

二〇一九年四月二十一日

孫娘の　ぬり絵の世界をばのぞかんと
枕元にはりて　おとぎの国へ

二〇一九年四月二十二日

孫娘、うんちをしながら唄ってる
この永遠なる無敵の時間

二〇一九年四月二十二日

綱引きの夢にねぼけて母親の
髪を引っ張る　孫一年生

爺々にもらった飛行石手に持って
何度も階段を孫は飛びおり

二〇一九年六月二十四日

三歳の孫と並びて小便す
母親怒れど気楽なものよ

二〇一九年十二月十四日

悪ガキはゴンを追い出し　キャビンをば
吾物とする　こんたんなのだ

二〇二〇年六月二日

マチカドに消防車にわかに走り来て
孫とバンザイ娘がしかる

二〇二〇年四月十一日

りす組の良太はまどかちゃんが大好きで
たんぽぽ組に居つかんとす

ゴン

二〇一三年五月吉日

股旅のバジルがまたまた家出して
「母恋ミント」の母につかまる

二〇一三年春　昼下がり

おずおずと門扉に体をすり寄せて
はやくお家へとおねだりティアラ

駅前の人ごみの中でじっと待ち
吾を見つけてゴンは喜ぶ

武蔵野の森の真上に月が出りゃ
吾家のゴンよ遠吠えをせよ

柴犬に思い出深き老婆来て
さすりなめさせ目を細め去る

二〇一三年六月三日　昼　歌碑除幕式において

松原に白波次々寄せ来れば
ゴン後ずさりしてまた吠えかかる

すれちがった小犬に頬をなめられて
我家のゴンを思い出しおり

二〇一四年二月十二日

ゴンよ来い　死んだら一緒に墓の中
縄文人のように眠ろう

実はゴン何を隠そうサッカーの
ルーツチームのマスコット犬だ

井の頭の黒々とした土を掘る
トリフ犬小夏もう顔が見えぬ

舞い落とす葉っぱを取らんとチャコが跳ぶ
散歩の終わりの最後の儀式

名						
上店	都道府県	市区郡	書店名			書店
			ご購入日	年	月	日

をどこでお知りになりましたか?

書店店頭　2.知人にすすめられて　3.インターネット(サイト名　　)

DMハガキ　5.広告、記事を見て(新聞、雑誌名　　)

質問に関連して、ご購入の決め手となったのは?

タイトル　2.著者　3.内容　4.カバーデザイン　5.帯

の他ご自由にお書きください。

(　　)

についてのご意見、ご感想をお聞かせください。

容について

バー、タイトル、帯について

弊社Webサイトからもご意見、ご感想をお寄せいただけます。

力ありがとうございました。

寄せいただいたご意見、ご感想は新聞広告等で匿名にて使わせていただくことがあります。

客様の個人情報は、小社からの連絡のみに使用します。社外に提供することは一切ありません。

書籍のご注文は、お近くの書店または、ブックサービス(0120-29-9625)、セブンネットショッピング(http://7net.omni7.jp/)にお申し込み下さい。

物言わぬ埴輪の犬のぬいぐるみ
出自を暴かんとゴンがくんくん

木の上に子供ら登りて枝振れば
花びら舞い落ち　ゴン跳びはねる

陽が高く昇れば芝生をにぎやかに
そこのけそこのけラン・ラムが通る

気がつけば横にゴンがいる閲覧室
武蔵野木立の光さす昼

図書館でゴンが現れ大騒ぎ
吾膝元に鼻すりよせて

病院で爺々はどこじゃとドア開けて
ゴンが現れて鼻すりよせる

駅ではぐれた主人の少女を求めて死ぬまで待ってたタローの話

石岡の駅のたもとに今日もまた
前足そろえてタローは待つらん

バス待ちで一列に並んだ人々が
ゴンの遠吠えに微笑む小春日

二〇一六年四月二十四日　昼　井の頭公園にて

若葉そよぐ　樹の間の下を柴犬の
ゴンが駆け来る井の頭の森

この春、孫の良太がゴンの檻に「孫の手」を入れてつついているのを婆々が見つけて驚愕

つつかれたらゴンもお尻をかんでやれ
孫も可愛いが犬も可愛い

二〇一八年八月十七日

草原の真中に入りてまどろめば
頬を寄せくる柴犬のゴン

二〇一八年八月十八日

木道をユカと良太と犬のゴン
かけっこすれば　やはりゴン勝つ

二〇一九年七月十日

吾道を行く爺さんを先にやり
柴犬の「熊子」悠然と散歩

二〇一九年十二月十四日

吾家のゴン　しっかりせんと良太めに
お前の犬小屋もとられてしまうぞ

二〇二〇年三月十二日

柴犬のゴンと良太と爺々と
連れションすること　男の約束

サッカーを詠む

二〇一二年五月二十七日

声を出せ、叫びは己が分身と
ゲームの間中《あいだじゅう》心得るべし

二〇一二年六月二日　長居キンチョウスタジアム　関西学生選手権決勝にて優勝に貢献

決勝戦にいきなり出されて百十分
耐えきった「賢士」よ男はつらいよ

二〇一二年九月十七日　Iリーグ対大院大戦にて

ゴールを背に叱咤し続けて村下は
終了間際にも「守備せんかドビー」

西岡謙太へ
東北大震災で水戸ホーリーホックの主力選手になっている西岡謙太のことを案じて

大地震で傾き壊れたグラウンドで
謙太は今も走っているのか

二〇一三年三月初め　千葉　順天堂大グラウンドにて

坂東の野にも秋と白との花咲かせ
浪花の乙女の蹴撃隊

二〇一三年十二月十八日　インカレ対専修大戦

ボールをば「顔で止めろ」と野次られて
壁に並んだ成田は笑う

涼しげに超リアリストの顔隠し
キャプテン山田はボールをさばく

二〇一四年五月二十八日　長居競技場にて　メルボルン五輪のキーパー古川氏

メルボルンは遠くになりても老キーパー
「もっと動け」と声張り上げる

二〇一四年五月二十八日　長居　関西選手権準決勝

遠くから短い足もてシュート打つ
ハッタリもサッカーのうち、深尾を見習え

二〇一四年八月十六日　千里山グラウンド　夜

円陣の真中に立ちて檄とばしゃ
銀河よ見えるかい　吾もサッカーの子だ

世界クラブ選手権の夜

橋の上、河岸うずめるアルゼンチーナ
師走の頓堀《トンボリ》　サッカーの時代

青森山田高校初優勝　二〇一七年一月　埼玉スタジアムにて

雪ふかき、みちのくの原ふみわけて
今こそ見せん　ゴールへの意思

最後まで　渾身のジャンプをくり返す
四番荒木　ゴール目の前

延長終了間際に同点とし且ＰＫ戦で勝利　インカレ準々決勝対順天堂大戦

ＰＫ戦　最後に止めた白澤の
大きな大きな手に触れてみん

二〇一七年十二月十八日　真昼　インカレ準々決勝対順天堂大戦

投げ入れし吾ステッキを加賀山が
取りて持ち来て破顔一笑

二〇一七年　ＰＫ戦にてインカレ準決勝進出

眠たげに　キーパー前川激戦を
セーブした手でゴンをなでおり

二〇一二年十二月十五日

凍りつくスタンドの吾にダウン貸し
グラウンドの篤紀よ　寒くはないのか

二〇一九年一月十四日　真昼　全国高校サッカー選手権大会決勝　埼玉サッカー場にて

涼しげな顔してパスをばみぎひだり
天笠泰輝　試合を決める

二〇一九年八月二十三日

超ロングフリックパスを追いかけて
古橋は走る　イニエスタを信じ

二〇一九年十一月

学食で食事中の松尾に電話すりゃ
なつかしき喧噪　半世紀前の

日々を詠む

二〇一二年八月六日～八日　六甲のホテルにて

霧流れ夏の六甲の松が枝の
彼方に浪速津浮かび出でたり

六甲の山の上から歌を詠まん
浪速の海の大和島根を

故郷は山の彼方に照る海の
大和島根の裾に拡ごり

二番目の孫にヒデキと名付けたる
親父は恥じたか、生き残れるを

倍賞千恵子さんを詠む

サクラ役に魂を吸い取られたと思ったが
今そのものの婆さん役に感動

こもれ陽の森の細道向こうから
来る人は皆魂を持っている

森の中人は皆なんて小さく
けれども皆ささやかな魂を持っている

木漏れ日のさす日も曇り空の日も
森に来る人皆慎ましき

旧千利休宅付近にて

雑踏の巷に落ちたる朱茶《あか》巾
手に取とりゃ利休の街よみがえる

鯉届け続けて七右衛門鯖街道
若狭へと向けて地蔵として立つ

慎ましくビルのすき間にゴザを敷き
ねぶたの花火を待ってる親子

手をつなぎ新幹線から富士を仰ぐ
女子高生らの夏は眩し

二〇一三年八月二十四日　夜　道頓堀相合橋上での護摩供養

護摩たけば炎はネオンの狭間にて
南無阿弥陀仏ともだえているよ

トンボリの相合橋にて僧侶たち
護摩の炎にハンニャハラミタ

額から汗したたりたる僧侶たち
炎の暑さにたじろぎもせず

汗ぬぐう間もなく護摩木を焼《く》べ続ける
僧侶の真下に道頓堀川

二〇一三年五月二十八日

黒々と道頓堀を行き帰る
人の心に護摩の灯を焚け

「大和」に乗りてかえらぬ兄を　帰米二世
「なりたかったんだろうね日本人に」

獲物をば仕留めた時にヒト猿は
皆で笑うことを覚えた

スピノザをかじってさらにはヒンドゥーの
森に迷いしが「空海」に貫けたり

二〇一三年五月八日

何よりも福島住職に申し上げる
和歌は鎮魂、俳句は即身

しばし眼を本から離して枯葉散る
森のつぶやきを聞こうとするか

森の朝枯葉の内にまぎれたる
子犬が現れ光がこぼれる

吾友が残せし薩埵《さった》の尊顔に朝陽射し込み
ほほ笑み始める

「代書屋」のトメに会いたし大阪には
本当にいたのだあのような人が

肉魚マンガ売るなのはり紙が
夏の高野の雑踏にあり

高野山・宿坊大圓院にて

今まさに歌わんとする御姿で
衆生を迎える鶯《うぐいす》の弥陀《みだ》

サバンナの風の来し方知りたくて
老いたるバオバブの幹に耳当つ

二〇一三年三月二十七日

発情した雄狼のために雌の役を
演じるムツゴロウ、射精をさせる

生《あ》れまし息子に想《うみ》と名付けたる
南島恋しや奄美の幸平

二〇一四年十一月昼下り「奥の細道」最初の宿、草加にて

セルジオさんへ

とぼとぼと矢立の丸橋越えていく
ブラジルの青年　芭蕉ははるか

戦友の酒入り水筒知らず飲み
ふらふら突撃、おじの思い出

二〇一四年　石垣島野分の昼に（夜は風速七十メートルでホテルが揺れ地響きを立てる）

野分きて、舟をば繋ぐ父助け
弟跳びはね　兄叱られる

二〇一四年四月十四日

熊野路の山端にかかる十五夜の
月は与論の芝屋《しばや》も照らすか

与論にて婆あが十五夜芝居見て
吾は大峯の能舞台見る

大峯の森の中にて能舞台
ワキの袖巻き春風ぞ来る

今朝も又、霧の高野の御寺にて
理趣の御経は響いているのか

死人《しにびと》の部屋の壁にて群れている
ウジも輝くと、かの納棺師

亡き父より一年長く生きること
一つだけの親孝行　後もう四年

バイオリンの弓は飛行機
着陸し離陸するつもりで弾くべし

うらぶれた温泉街を馬車が行く
パカパカゆらゆら　つばめ舞い来る

人影の途絶えた谷間の温泉街
馬車ゆるゆると　トンビがヒュルリ

踊り子らのざわめき聞こえるありし日の
この岩風呂の湯気のゆらぎに

二〇一四年三月十四日

自分史を受けたまわらんとの広告が
結願寺への道電柱に並びて

震災で流されし子らのランドセル
焼却するといふ　誰がやるのか

ブラジルの惨敗を見て泣きながら
幼児は叫ぶ、ネイマールはどこ

願わくばイリアンジャヤの精霊よ
ヤポネシアの兵仲間に加えよ

積雪に抜歯の血をば吐きかけて
六十七の冬　まだ枯れ切れぬか

愛だけでものごと成ると思うのは
「戦いだけで」よりより恐ろしい

縮めれば大黒繁男はおくしげお
最初の特攻隊　五番機十九歳

一匹の皇帝ペンギンがとぼとぼと
氷原を行く　月が見ている

神戸大震災時のエピソード

瓦礫にはさまれ救えなかったおばさんの
かの場所に花　消防士一人

二〇一五年十月十八日

落ち葉受け本閉じれども　熱さらぬ
井の頭の森「百年の孤独」

二度までも体当たりして撃墜し
落下傘にて生きて還れり

体当たり　生命の使いどころをば
得て果たしたる丈夫なつかし

二〇一五年六月一日　夜

どこまでも　行ける切符を持つ君に
ほんとうの幸い見つけてもらわん

風薫る銀座の空に歌姫の
赤い翼の　唄飛んでいく

二〇一五年五月五日

「御長男は貴方を愛しておられますぞ」
断言なされた小田晋先生

二〇一五年五月一日

夢なれや難波の都の天王寺
東の門を朱雀の大路が

二〇一五年四月十四日　国立博物館　インド仏陀展にて

聖樹をば仏陀とみなして頬よせる
乙女らの至福　静かなる微熱

ネパールより持ち帰りたる仏様
孫の人形と並ばされおり

白秋の見出しのところに白秋なく
古本屋の午後　昭和は遠くに

二〇一五年一月十七日

論ずるのか、それとも詠むのか唄うのか
今宵は僕に何をさすのだ

終電が去った線路にぞろぞろと
狸が現れ踊っているよ

線路上並んで踊る狸をば
まんまるお月さんニコニコ見てる

虫食いで葉はぼろぼろでもアジサイは
濃き紫の花咲かせおり

一人でも一人ではない気にさせるという
自販機に次々に集まる雪の東北

我父は琉球鮎が乱舞する
小川のほとりの小屋に生まれた

幼き日　太鼓橋をば手づかみで
越えて眺めた住吉の杜

二〇一七年二月二十三日　隠岐の島　乳房の大杉にて
もののけが　森の奥より現れて
立ちて踊れる乳房の大杉

二〇一七年二月二十五日　隠岐の島　かぶら杉にて
唄声は　かぶら杉をば駆け登り
鶯呼べども春は名のみの

二〇一七年二月二十五日　隠岐の島　壇鏡の滝にて

やわらかき銀のしずくと滝はなり
わが歌声をじっと聞きおり

『歌なればこそ1』の中で詠んだ、台南の飛虎将軍廟の杉浦飛曹長の像が
何十年ぶりに故郷の水戸に帰った

媽祖様の仲間となりし飛曹長
梅咲く水戸に帰りたまいぬ

二〇一七年八月二日　元陸軍兵長呉正男翁に　横浜中華街にて　真昼

出撃はついに来たらず空挺隊
卒寿の老兵　思いを語る

二〇一七年八月十日　小林正成さんへ

正成という名の英雄そのままの
男がいること　この嬉しさよ

二〇一七年八月二十四日

塩原の　野湯につかりてシャボン玉
トンボがつつきて夏盛りなり

顔を洗う　吾かたわらに突然に
馬来て水飲む塩原の夏

与那国島より台湾を眺める

玉山が　新高山が与那国の
久部良《くぶら》の岩間から浮かんで見えるよ

玉山は我等多桑（父さん）黄昭堂の
一つの孤独な魂なのだ

過剰なる身体と欲望のガスを抜く
インド人の知恵　ボリウッドダンス

知恩院の来迎図庭園の赤い実を
小鳥がちちとついばみて去る

もうお会いすることもないと思いますと
歌人胡月嬌　高雄の別れ

飼い主の指をばくわえて愛しむ
カラスよカラス　一時間も離さぬ

父の芸　終わって回すザルの中に
小石を入れる　幼いサクラ

うたたねの老団長のかたわらに
猿らも眠る　サーカスの昼

二〇一七年十二月十五日

観音も不動明王らさえも哀しみて
皆泣いていると　西村公朝

二〇一八年四月八日

よく噛んできたねと吾歯を　いたわれる
三鷹の森の松崎先生

二〇一八年二月九日　バーポルトにて

日暮里の夜更けのバーにてエジプトの
歌姫の声に心奪われ

二〇一八年五月十二日　シルクロードカフェにて

エジプトの歌姫なりと思いしが
かわいいナデシコ　舞姫の「メリテ」

二〇一八年五月十三日　下北沢ジャズバー・レディジェーンにて

二ヶ月の赤子をおきて弾く母の
バイオリンの音に「洛西の景」

二〇一八年七月一日

坂東の縄文の磨崖にほこらしく
風化に耐え貫き千手観音

二〇一八年七月二十四日

もやかかる　湯の湖の面にマスはねりゃ
迫りくる夏山　そよとの風なし

二〇一八年七月二十五日

二つ三つ　かがり火ゆれる森の中
歌声ひびきて　月は昇りぬ

二〇一八年七月二十七日　湯本久子さんへ

わがままな老いぼれ人の飯作る
あずま嫗《おみな》の意気こそ良けれ

二〇一八年八月四日

高原の朝の窓辺にトンボ来て
ふるえ輝く　チリヂリチリヂリ

二〇一八年八月二十七日　昼　牧水水上紀行　菅沼茶屋にて

湖の底より生まれし山女魚《やまめ》美味
かの牧水も食したるべし

二〇一八年九月二十三日

殉職せし部下の鎮もる館山の
海辺に司令は住み続けおり

二〇一八年十月一日　武蔵境ギャラリーシティオにて

暗闇に亡者と生者が見つめあい
跳ねて踊りて相《あい》なだれ行く

渡部勝廣さんへ　二〇一八年十月八日

点々とか細き灯《あかり》の連なりて
パリの街角今薄暮なり

二〇一八年十月十四日

ロータリーの木の枝の上に見事にも
吾紙飛行機は着陸せしめり

二〇一八年十月十五日

伴奏のバイオリンの音に魅惑され
唄うことをも忘れることあり

二〇一九年二月七日

歯痛ゆえ　殿の列から離れ死ぬ
清兵衛哀れ　南無阿弥陀仏

二〇一九年二月二十二日

大谷石の四角の灯篭を前庭に
置きて武蔵野の住人となれり

二〇一九年三月一日　アメリカインディアンの昔話より

神様が人と動物を分けた時
犬だけが途中で人の側に来た

二〇一九年五月十六日　昼前　善福寺公園

二歳児が若い保母をばママと呼ぶ
否定し否定し笑み合いて歩めり

二〇一九年六月二十六日

どうなってもいいやと何度も放言し
古希こえ二つも生きのびにけり

二〇一九年七月二十一日

空中を切りて結べる手踊りの
乙女の袖からいのちこぼれて

二〇一九年七月二十四日

お渡りの神輿が波打つ大和川
半世紀ぶりに堺の町に

二〇一九年八月二十二日

朝やけに白雲たなびきつばめ舞う
那須の森を眺め芭蕉の湯に入る

二〇一九年十月十二日　渡部正廣作「合歓の花咲く道　リュ・デュ・ヴォージラール」によせて

人が消え　音みな消えたる昼下り
いま街角は　空即是色

ラーメン鉢を手で押し包み　おずおずと
湯気ゆるがせて乙女が通る

小柄なる乙女が運ぶラーメンは
ささげ持つゆえ　貴《とおと》かりけり

二〇一九年十一月八日

人は皆一瞬たりとも生きられぬ
信ずるものを持てない時は

二〇二〇年十二月

赤ちゃんが　落下する寸前飼い猫が
駆け寄り支える　哺乳類の不思議

二〇二〇年二月二十六日　半澤鶴子さんにエールを送る

野に伏して茶の湯をたてる美しき
湖畔の老婆にビワマスはねろ

二〇二〇年三月十二日

テーブルに落ちた椿の雅さに
婆々ほほ笑み春は来たりぬ

いくつかの虫のようなる自己を持つ
日本人ゆえ成り立つ漫才

自然をば最終的には主体とする
日本語ありて漫才はできる

二〇二〇年四月二十三日

メタファーと因果の論理とが入れ替わる
自由さと切なさ　火花のごとき

二〇二〇年四月

雲南の歌垣の村にて千年の
榕樹《ようじゅ》を情樹と呼びて集えり

二〇二〇年五月十五日

不思議なり　小田切看護師の採血は
蚊がさす程の痛みだになし

二〇二〇年五月二十六日　昼前

たわわにも枝葉ひろげて大銀杏
夫婦で森となりて静もり

二〇二〇年六月三十日

赤とんぼ　英語で唄えばはるかなる
外つ国の夕べも赤く染まらん

二〇二〇年六月三十日

なつかしき照子女史の歌　火の国の
そのひくき声にみな魅せられて

二〇二〇年八月十八日　昼前　那須高原にて

筑波峰の彼方明るみて那須の森
夏うぐいすの声しきりなり

二〇二〇年八月二十七日　日光湯の湖湖畔にて

朝日さしピーヒョロピーヒョロとトビ鳴けば
湖面に岩魚がピシッとはねる

二〇二〇年八月三十日

この少年が一匹釣るまで見ていこう
はねてやらんか　日光岩魚

爺々が石投げたからサル達が
ホテルの前で待ち受けている

君たちの爺さんの方がすばらしい
イエスを信じる　首狩り五個の孫よ

窪田知日さんへ　二〇二〇年九月十四日

ことことと包丁の音間に聞こえ来る
火の国女子《おなご》の笑い声よし

良太五歳の誕生日　二〇二〇年十二月十四日

息をのみ見つめる孫ら　こまを投げ
手の平にひらり爺々はヒーロー

二〇二〇年十二月二十五日

幼らとから揚げ弁当ぼろベンチ

コロナ禍の青空　から揚げ日和

俳句

二〇一六年二月二十八日

人形は　物言いたげに　作るべし

二〇一七年七月二十九日　奥日光湯本温泉にて

川内優輝選手へ

円谷《つぶらや》によく似たランナーと湯につかり

短文・エッセイ

カミ・精霊・妖怪と日本人

ニューギニアで戦死した夫に恋文を書く老婆
本当に幸せそうに「夫はすぐそばにいる」という
それを聞き堅物のＮＨＫのアナウンサーも少し涙ぐむ
彼はその老婆の純粋なるアニミズムに感動したかのように思っているのであろう

だけど彼が感じ入るべきはカミや精霊や妖怪が今なおそばにいると信じられる日本人の感
性に対してであり、まだ若い自分自身でさえその感性をなお共有できるのだということに
対してであり、さらにそれらのことで我々日本人がどれだけ救われているかというそのも
のに対してであろう

今頃ニューギニアでは彼女の夫たち戦死した兵隊らはジャングルの中で草々に覆われた衣
と大きな仮面をかぶった現地の精霊となってけっこう面白くやっているかもしれない

なにしろ先進国といわれる国の中でカミや精霊、妖怪がすぐそばにいると感じられるのは
日本人ぐらいのものだから

ぼくは四つのシマ（島）のお爺《ジー》になった

二〇一四年四月八日　第18回、ライブの日に

台湾では、あやしげな北京語をあやつる日本のオジさん
金がないと言っては同情を誘い学生に自販機の二十元のジュースをおごらせ、おまけにガ
ールフレンドの手を握らせてもらう

奄美・沖縄では、誰が見ても島のえらいオジー然と見立てるらしく、島口、は分からないの
でできるだけあまりしゃべらずおとなしくしていて、たまに島唄の二つや三つ唄えば完璧
にモテモテだ

大阪では、大阪弁の中の大阪弁である河内弁を駆使して道頓堀や梅田の街、人ごみの中を
歩いていく
河内弁の方が若者にも受け、根のところでは河内弁をしゃべる人間が一番えらいのだ、河

内弁を使う方がタクシー料金もたまに安くなる

武蔵野では、四歳になる柴犬のゴンを連れて、毎朝森の中を歩くのだが、向こうから来る人や犬のなんと小さくつつましいことか、しかしなんと気高いことか、しばしば感動して歌に詠む

台湾、奄美・沖縄、大阪、武蔵野、七十歳を前にしてぼくは四つのシマのお爺《ジー》になった

奥日光の夏、二〇一五

二〇一五年八月十八日

少年の頃林間学校で大クワガタを取ったことによって高野山が好きになり、今でも自分のホームグラウンドと思っている
近年避暑のため奥日光に来ることが多くなり、それなりの愛着もあるのだが地元とまでは思わなかった
この夏五歳の柴犬のゴンと二歳半の孫娘と共に戦場ヶ原を走破したことによって地元意識が生まれた
まさにゴンとユカと爺々のテリトリーとなったのだ
きわめつけは四日以上の便秘に苦しむユカが中禅寺湖湖畔の診療所にて大浣腸を行い成功し、医師、看護婦、婆々が大はしゃぎした
奥日光はついにホームグラウンドになった

孫娘　中禅寺湖畔にて浣腸せり
いっぱい出た出たと婆々らはしゃげり

母親に爺々が叱られる　孫娘
怒らないでとまだ二歳なり

孫娘の去った湯船に身をひたしゃ
静もる風景　空即是色

夏木立の露天風呂

二〇一五年七月二十四日

塩原温泉郷にかかる紅の橋のたもと夏木立に隠れて小さな露天風呂がある
たしか今湯に入っているのは年配のおじさん達なのに何故か人間が裸で湯につかっている
というだけで不思議になまめいているのは不思議な感覚である

入浴しているのが女性たちでもあれば、なまめいて感じるのは、男性である身からすれば
当然のことであろう
それは性の問題だからである

では夏木立の露天風呂からただようななまめかしさの正体はなんであろうか
おそらくそれは人間も自然の一部ととらえる島嶼＝ヤポネシアに属する日本人独特の文明
観ないし文明感覚なのであろう
大陸人ではこうはいかない

ブーゲンビリア咲く菩提樹の下で　二〇一五年一月三十日　ジョードプルにて

今インドはジョードプル、ホテルの中庭
大きな菩提樹にブーゲンビリアのつたがからまり真赤な花を咲かせている

外から見える僕の部屋の前には大きな枇杷の木がその太くて濃い緑の葉影を落としている

空は真青に晴れ渡って鳥たちのいろんな声があちこちから聞こえてくる

菩提樹の下で　爺々は今チャイを飲んでいる

爺々はゆかの婆さんや母親とも何度も奄美・沖縄・台湾・ネパール・インドへとやってきたものだ
南の国は不思議な力を秘めている
来るたびに生き返ったものだ

もし後十年の歳月が許されるのであれば思春期を迎えたゆかと共に
このブーゲンビリアの花が咲いている菩提樹の下で朝方のチャイを飲んでみたいものだ

多桑（父さん）になろう
――日台の文明論的な共通項について――

二〇一六年五月二十八日

一九九〇年～二〇〇八年頃、いわゆる台湾の民主化が沸騰する時代、小生はよく台湾に行き来しました。新聞記者の友人と共に行くことが多いことから、とりあえずその独特な政治過程等を見ることが多かったのです。しかし、美しいフォルモサの景色もさりながら、魅力的な台湾人にだんだんと惹かれてゆきました。そしてその中でもとりわけ心惹かれたのは多桑（父さん）世代の人々です。李登輝さん蔡焜燦さん黄昭堂さん歌人の呉建堂さん蕭翔文さん許文龍さん、そして小生の台湾での運転手林老福等、懐かしき人々です。

小生らが、また台湾の多桑らが、なぜかくも懐かしく親愛の情を持ちえたのかは恐らくは文明論的な問題なのでしょう。母さんではなく多桑だからです。このことについては十年程前映画「多桑」の監督呉念眞と話し合いました。結論は出ませんでしたが、とりあえずは第二次大戦の敗戦による、父と息子間の切断という点に一つは求められるでしょう。つまりその断絶にもかかわらず、台湾の多桑と日本の息子たちは日本語で語り合い唄い合うからというあたりに落ち着きました。しかし恐らくは、このような近現代史的な観点だけでは不充分でしょう。思うにオーストロネシア語に属する台湾原住民と日本縄文人にまでつながる共通点、「アニミズム」や「まれ人信仰」のようなものがあるかと思われます。これらは大陸の方にはありません。「多桑と息子」の根源的な秘密は黒潮文化圏にあると言えそうです。

パプアニューギニアの人々は日本人に今でも親近感を持っています。日本人は相撲やお祭りだけではなくすぐふんどし一丁になってしまうからです。又、生前の蕭翔文さんが高校の授業で漢文で和歌を作ることを教えておられたことがありましたが、和歌というアニミズム的色彩の濃い短詩型が、大陸とは違って台湾人に合っているという直感がそこにあったからに外ありません。日本語教育を受けそれが自己のアイデンティティーとなっており、単に懐かしいだけではないのです。

さて台湾の多桑世代も徐々に第一線をしりぞかれたり、亡くなられたりしております。これからのことを考えねばなりません。

振り返りまするに小生、台湾によく行きました頃、あやふやな北京語で若い人をよく困らせたものでした。困惑しながらもよく親愛の情を持って対処してくれたことを感謝しておりますが、これからも大いに迷惑をかけたいと思います。思うに小生が台湾の多桑世代を父さんと思ったように、小生を台湾の若者（孫の世代）たちは多桑と思っている可能性があるからです。

多桑が絶えたらどうする呉念眞
吾等が多桑（父さん）になるしかないね

男の子の分かれ目

母親べったりの一歳半になる男の孫。歩くこともせず言葉もしゃべらず、それでも十分母親とは意思の疎通はできるらしい。この前、母親（小生の娘）が彼のそばを離れた時、カーチャンカアーチャンという言葉を発した。爺々である小生もいなくなった母親の方向を指さして、カーチャンカアーチャンと言ってやると、ニッコリとしてうなずいた。

母親以外の第三者と初めて意思を通じ合った瞬間だったかもしれない。そして母親とでなくても適当な第三者であれば、結構楽しく幸福にやっていけるという自信をつかんだ分かれ目の時だったのだ。

この分かれ目の時をつかみそこねたり、あまりにも遅いと男の子は母親離れのできない生涯を送ることになる。

台湾の日本語世代（多桑）と和歌 ――蔡焜燦を悼む――

二〇一七年七月二十二日

西欧の詩歌では、自然をテーマとしてもそれを材料にしてほとんど自分の心情を述べている。日本の詩、特に短歌では自然そのものを述べており、さらには自然の中に自己をひそませてしまっている場合が多い。これは主語や主体がはっきりしない日本文芸の代表として和歌を揶揄する「短歌第二文芸論」に集約される論点である。

しかし自然と人間が一体となっている世界、つまりある場合には人間が自然の中に埋没したり、ある場合にはそこから出現したり、自由自在なこの和歌という文学形式の本質を台湾の多桑世代はどこか直感的に知っていたように思われる。つまり日本アニメのドラえもんやポケモンと同じような属性が世界最少の語数による和歌、俳句という定型詩のうちにあることを見抜いていたと言えるだろう。さらに言えば諸々の挽歌、相聞歌のうちに生と死の垣根さえ越えて人と人とないしは人と自然とがふれ合えるような、それこそ他の文明にはない「力量」がこの和歌という短詩型文学の中にあることを直感していたと言ってもよい。
一つ二つ例を挙げておくと、

駒とめて袖打ち払う陰もなし　佐野のわたりの雪の夕暮れ　定家

山々ははるかに暮れて　小枝吹くひとすじの　そよぎも見えず
夕鳥の唄木立に消えぬ　あわれはやわが身も憩わん
　ゲーテ　旅人の夜の歌

一番目の定家の有名な歌は、雪の風景の中に人物と馬が溶け込んで風景全体が穏やかに納まっていると我々なら誰もが納得するであろう。もし西欧的文学の伝統から言えば人間が風景の中に溶け込んでおり、ヒューマニズム（人間中心主義）の立場からすればあまり面白くないとも言えるであろう。

二番目は有名なゲーテの詩を大山定一が訳したものである。我々が日本語訳で読むと主人公が実にうまく夕暮れの景色の中に納まり安住しているように見える。しかし先程の定家の歌とは違って独文では、恐らく自然の中に納まりきれない主人公の自己が、もっと大きく居座っているはずであろう。我々は大山定一の名訳の日本語でこれを鑑賞しているので、和歌の伝統にそって理解してしまうのだ。

さて戻るが、この自然の中に納まったり消えたり、またそこから突出したりする文芸的テクニックが、和歌の中にあることを、そしてそのことが人間を幸福にする一つの手段であることを台湾の多桑世代の歌人たちはよく知っているように思われる。

また、時間の流れというものも自然の大きな一部とすれば、死というものもその最たる結果に外ならない。日本では一番の幸せは何かと聞かれれば「親が死に子が死に孫が死に」であり、逆縁、つまり子や孫が先立つことが一番の不幸だと小生の母親が言ったことがあるが、我々はこのように自然（死）とも付き合える感性を持ち続けてきたのだ。

さらに言えば、「死に関して独特の考え」を持っており日本人とその文化と文明が世界的な趨勢であるニヒリズムとの闘いに、独自の拠点として今もあることを多桑世代の方々は知っているはずなのだ。

先の大戦時に日本人と台湾の多桑たちは死に際して、ニヒリズムを克服する独特の手法を共有したことであろうことはほぼ間違いない。その一つの方法が短歌という方法であったことも間違いないであろう。

だからこそ蔡焜燦さんは日本人（日本語族、日本文明人）よ胸を張れと言ったのである。呉建堂さん、蕭翔文さん、王冬梅（進益）さんそして蔡焜燦さん、彼らから小生は日本精神はもちろん日本文明を学ばさせていただいた。

ありがとうございました。多謝多謝。

最後にエピソードを一つ。十五年以上も前、八重山は石垣島での三線コンクールに、娘のステージパパとして付き合ってついでに与那国島に足を延ばしたことがあった。その時、年に数度しか見えない台湾が海の彼方によく見えた。うれしくなって、携帯電話の国際電話というものを初めて使って蔡焜燦さんや王冬梅さんらに電話をした。玉山がきれいに見えることを伝えると、今すぐ来いと言う。それは無理だと答えると、小生が阿里山あたりにいると考えて、今夜か明日には会えるだろうとおっしゃった。やはりそれも無理で今与那国島から台湾と玉山を眺めているのだと言った時の彼らの反応は今も忘れられない。「台湾は玉山島と言ってもいい大きな大きな島に見えるんだよ」と言うと「そうか、そうか」

と何度もおっしゃり、このハイテクの時代に万葉の相聞のやりとりのごとき感慨にひたったことであった。

バスの中へ吾をたずねて一直線
我らが老台北　多謝多謝

与那国の海の彼方に立ちませる
かの玉山を吾娘《あこ》と見し夏

「男はつらいよ」を唄うのはつらいよ
――何故「男はつらいよ」を唄うのか――

二〇一七年五月三日

従来不思議に思っていたことがある。あんなに懐かしく、人気のある曲なのに、渥美清本人以外に男の歌手が「男はつらいよ」を唄うことはほとんどなかった。それは、彼の歌の完成度の高さを直感的にわかっているためであろう。つまりコメディアンでもある渥美が喜劇的ペーソスをこめて唄った「男はつらいよ」を超えるような歌唱はとてもできないと男なら思うのは当然である。だから、有名女性歌手が数人唄っていたのは実にうなずける話である。彼女らは「男はつらいよ」を唄うことはつらくないからである。

さて、男性歌手のみならず男達がこの歌をあまり唄わないないしは歌えない理由は実はもっと深いところにある。それは、下町の家族ドラマの体裁をとっているけれどもこの映画は妹サクラを中心にした現代的なオナリ神の物語であり、日本民俗学は柳田國男の「妹の力」の物語だからである。つまり渥美清という偉大な役者＝歌手との対峙が要求されるだけでなく、文明論的に言うならば、直に我々の神話の世界に対峙できる力量を要求されるからである。

しかし逆に言えば、このような神話の世界に対峙しなければならないところにこそ「男はつらいよ」の唄の可能性はあるのである。このような試みに歌手の玉置浩二はよく挑戦しがんばっている。彼が始めて他の歌手も歌い始めている。始めたばかりでまだ渥美の「男はつらいよ」に対抗できるものには至っていないが、そのうちに渥美を抜くとまではいかなくても、彼とは違った歌唱方法で充分納得できる「男はつらいよ」ができることであろう。そうでなければ吾々の歌の世界や神話の世界は萎縮していく一方であるからである。

そのようなことで小生は「男はつらいよ」を唄うのである。

人魚姫の話

アンデルセンは百八十年ほど前に人魚姫の中で言っている。人魚は三百年生きられるが死ねば海のアワとなる。人間は百年も生きないが魂は死ねば天に昇って星になる。人間でもなく自然でもない人魚は三百年生きられるが最後はアワという自然に帰るが、人間だけが死んでも魂という特別な不死の存在になって永遠だと信じられていたのだ。だから、人魚姫は人間になりたかった。

そもそも魂というものがあるとしての話だが、人間だけに魂があるのではなく海のアワにも魂があると思い出し気づくまで人類は三百年程かかったことになる。

ヒューマニズム（人間中心主義）はもう終わったのだ。

高校サッカーマンが作ったささやかな日本サッカー神話
――「大迫半端ないって」発言の神話力について――

二〇一八年一月八日

滝川第二高校の中西隆裕キャプテン（第八十七回全国高校サッカー大会二〇〇九年一月）

大迫半端ないって、あいつ半端ないって
後ろ向きのボールめっちゃトラップするもん
そんなんできひんやん普通、そんなのできる？
言っといてや、できるんやったら
新聞や、全部新聞や、とられたし
（大迫が）また一面やし
また、また、また、二ゴールやし
一ゴールにしとけばよかった
大迫うまいなあ、どうやったら大迫止められるんやろ？

あれは絶対　全日本に入るな！

椁《かこい》　監督
あれはスゴかった、俺握手してもらったぞ
鹿児島城西を応援しよう

試合終了後、グラウンドで単に勝者が敗者をなぐさめるというようなことは他の国のサッカーでもよく見受けられることではある。又勝利監督が敗者をほめるということも通常のことである。

しかし敗者が試合終了直後に泣きながらユーモアたっぷりと「大迫半端ないって」と真からの口惜しさと相手を称える言葉を発したことは、半端ない大迫のプレイ以上に大きな功績を日本サッカーとその文化に残したことになる。いや恐らくサッカーだけではなく日本人の精神に大きな文化、行動のスタイルを残したことであろう。当時の監督椁《かこい》も「あれはスゴかった、俺握手してもらったぞ」とユーモアたっぷりに言ったことは、大変な突っ込みで一流の漫才師もびっくりであろう。キャプテンと監督の見事なボケとツッコミと言うべきであろう。

現在この発言はユーチューブの映像となり百一万回以上再生されるところとなっており、事実今でも「……半端ないって」というせりふが、高校サッカーにおいてはもちろん日本のサッカー全体でも使われるようになっている。

もし他の異なった文明国で上記のようなことを言ったなら、やけっぱちのニヒリズムか、場合によっては気がふれたともとられかねないだろう。ユダヤ・キリスト教圏や儒教圏ではなおさらそうであろう。つまり文脈がずれているからである。反対に日本人は上記の言に共感することができる。即ち文脈がわかるからである。

しかしサッカー人はもちろん文化・教養人たちでさえ、その共感の基礎的文脈を明確に理解しえていない。そのためこの中西発言は単なる柔軟さや精神的幅の広さという、現代マスコミ特有のポリティカル・コレクトネス（口当たりだけの正当さ）によって処理されることが多く、又単なる関西特有の自虐的ユーモア的な脈絡のうちにとらえられることが多く、その結果スター選手大迫の引き立て役のような役割だけを上記の言葉に与えてきたのである。

しかし、実際には大迫選手のプレイ以上にこの「大迫半端ないって」という言葉の方が吾々日本人の胸に響いてくるのは何故であろうか。これはサッカー文化だけでなく、日本文明を考える上でも価値のあることなのである。

思うに中西キャプテンと栫監督の言は日本文明の基礎に照らし合わせ解釈すれば、古事記にまで及ぶ正当な文脈を保持していることなのである。

周知のように倭建命は小碓《おうす》命と称していた。熊襲征討の時、策略、だまし討ちをして熊襲の首領熊襲建を殺害した。その時死の間際に熊襲建命は自己の建という名を与え小碓命にこれからは倭建命と名乗るようにと言ったという逸話である。

又大国主命が根の国からスサノオの娘須世理姫を連れて堅琴をはじめとした財宝とともに、スサノオを欺いてこの世に逃げ帰った。つまり殺したりはしなかったがひどい目にあわせたのだ。しかしこの時、スサノオは口惜しさをにじませながらも、大国主に自分の娘を妻とし、その太刀と弓矢を授けて敵に当たることを言い祝福したのである。これら二つの古事記の神話は殺されたり騙されたりした側が憎悪したりせず、多少の口惜しさはあるにしても、勝者を祝福するという神話なのである。

また、後醍醐天皇の建武の新政成立後に起きた千早・赤阪の戦いで、楠木正成は「太平記」によると百万の鎌倉幕府軍を相手に千人の兵で戦ったとされている。正成はその戦いで戦死した味方の兵の霊を弔うために「身方塚」を、敵方の兵の霊を弔うために「寄手塚」を建立したが、「寄手塚」の方が「身方塚」よりも一回り大きく作られている。これは、戦いにおいて敵ではあるが相手に敬意を表している証なのであり、今もこの塚は千早赤阪村に現存している。このような伝統を我々日本人は持ち続けているのである。

全国高校サッカー選手権大会準々決勝敗退というささやかな人生における限界状況において、キャプテンという立場から中西隆裕はあのような言説を一気に並べたのである。彼は相手の大迫選手のことを単に褒めたたえるためだけに言ったものでもなく、ましてや不満や無念をつらつら訴えるためだけに言ったものでもなく、とんでもない選手を相手に試合をやって敗北した自分達チームのために、大迫という選手を通じて、ないしは利用してサッカーというものを意図せずして象徴化したのである。しかもささやかな限界状況から出た言説は、はからずも神話となったのである。

戦後七十年以上経ち、ずいぶんと我々日本人は変わったように思われるがアイデンティティーの基本において変わらないものがあるのだ。必要なことはそのことをもう少し意識的に認識しておかないと、中西隆裕キャプテンの言っていることの日本文明としての普遍性につき当たらないということなのである。

中西隆裕キャプテンは大迫選手に負けないほど立派なのである。いやそれ以上に日本サッカーの歴史にとって大切な言葉を言い放ったのである。日本の文化としてのサッカーの成立に大きく貢献する大変な言葉だったと言ってよい。小生が前々から言っていることだが、文化としてのサッカーが隆盛しなければ日本のサッカーは強くならない。それは日本人としてのアイデンティティーにふれる事柄でもあるのだ。

後記　中西隆裕選手はその後関大のサッカー部へと進み実は小生の近くに居り何回も話をしたことがあるのだが、その中西君が例の発言をした中西だと知ったのは恥ずかしながらかなり後になってからだったのである。

W杯日本代表熱戦後の道頓堀における祝祭時空間（ダイビング）の成立を喜ぶ

二〇一八年七月六日

一、現代における祝祭空間の必要性（あまりにもそういう空間がない）

祭りでは時には人が亡くなる。例えば岸和田のだんじりや諏訪の御柱祭等がそうであるが、それがために中止になったとは聞かない。ということは、ごく少数の犠牲者が出たとしても、このような祝祭空間が継続されなければならないと人々が思っているからに他ならない。

現代の日本人特に若者たちが日本人全体として祝祭の時間と空間を共有できるのは、日本代表が勝利したり善戦したりした時に行われる渋谷交差点のハイタッチによる大騒ぎと道頓堀での飛び込みぐらいしかないのだ。

交差点でのハイタッチの騒動に比べて飛び込みには危険がつきまとうが、御柱祭の逆落としに比べればそれ程のものでもなさそうだ。

問題はこのような祝祭的時空間というものがいかに必要なのかということがマスコミを

はじめとして語られていないということなのだ。アニメをはじめとした日本文化が海外で受け入れられていることは周知のことである。ところで、現在ディズニーアニメは日本のアニメの衝撃力に及ばない。唐突に思われる読者もおられるだろうからその理由を一言でいえば、M・フーコーも言うように近代ヒューマニズムというものが、もはや思想的には終了しているにもかかわらずそれにほとんど依拠しているからだと言っておこう。

アニメとは一口で言えば現実の虚構ないしはその拡大のようなものと言える。そのようなアニメイトする能力に優れた日本文化が、現実の世界での身体に課する虚構とその拡大ともいえる祝祭時空間に共通の思想や論理を持っていないとすれば悲しむべきことである。

やりたいとか若者にやらしてやれとかいうことや提案する人々なら沢山おり、それが現実に道頓堀川にかかる戎橋上で行われていることにつながっているのであろう。しかし、問題はそのことを多少なりとも共通の意識（サッカーではコンセプトという）を作り思想化するということなのである。

さて社会的なダイビングとして有名なものにボスニア・ヘルツェゴビナの都市モスタルにある16世紀の橋で市内を分けているネレトヴァ川に架かっているスタリ・モスト（Stari Most「古い橋」）という橋がある。紆余曲折を経て世界遺産に登録された橋からは定期的にダイビング大会が一六六四年以来催されている。道頓堀の近くにある高津の宮は古事記にも語られ歌われており、四世紀の都である。古代遣隋・唐使の出た御津の浜辺も近くにある。若者が身を挺して飛び込むにはそれこそ物語やゲーム的データーの素材にも満ちた場所であり、値打ちのあるところなのである。我々が教えていないにもかかわらず孫や曾孫はそのことを知っているのである。

ところで戦後、国家的な祝日として残ったのは天皇誕生日、その後違った名称で再生した建国記念の日くらいで、他はほとんどGHQの政策でなくなった。しかし道頓堀は戎橋上では寺社等の伝統的な祭とは違った新しい祭とその時空がすでに30年位前から生まれている。行政の側はこれらの祝祭に監視の側にいるだけで、居合わせた若い市民たちが実行している。結果としてサッカー日本代表の試合結果を祝って行われる祝祭時空間である以上、国民的な祝祭と言ってよい。そのような祝祭の時空間の誕生は若者たちはもちろん吾々中高年者も心より歓迎するところと言えよう。

二、具体的妥当な方法

行政や警察が管理すると面白くなくなるので、市民にその管理をまかせるべきであろう。

近所住民の迷惑を理由に、このような祝祭時空間をなくそうとする動きもあるが、道頓堀や渋谷交差点はそのようなものとしても国民市民に選ばれたのであり、さらに言えば日頃近隣の商店街は人々の集中により利益を得ているのであり、四年に一度程度のことであるなら甘受すべきである。飛び込みではなく、橋の上で大人数でジャンプするのは市の当局者も述べているように崩壊の危険もあるので止めさせるべきだし、もちろん暴動や犯罪のようなことがあれば取り締まるのは当然である。

道頓堀には十年ほど前プールを作る案があった。戦前道頓堀で子供たちが泳いでいたことがあったからだ。このような計画が現代大阪は南の繁華街で実現できるか少し難しい問題もあるだろう。しかし何年かに一度の祝祭による飛び込みは若者たちにとっては、言ってみれば必要な行為なのではなかろうか。

現代では現実的にはいけないことであるけれども、行政等が見逃して飛び込み行為は行われている。行政のお墨付きまではまだ当然ない。それは良いことでもある。けだし行政指導になると、何かれと規制され祝祭空間の楽しさが半減してしまう。そこで道頓堀の場合、大阪市は道の岸に水道の蛇口、水飲み場を平時にも置いておくことによって飛び込んだ人が体を洗うことができるようにすること、もう一つは堀から岸に上がるためにはコンクリートの壁に梯子を作っておくことが必要であろう。この梯子は飛び込んだ人のためだけではなく平時にも何等かの事情で川に落ちた人に利用可能だからである。

論者によっては小さなシャワールームを作れとか、飛び込み台を作れとか言う人もおられるが、前者のシャワールームはともかく、飛び込むためのわずかの立ち位置を確保できる張り出した部分があればなおよいかもしれない。後は市民が判断してくれということで充分であろう。

吾ステッキの冒険

二〇一八年十月十五日

時々孫を連れて三鷹駅の南口ロータリーの上にある陸橋広場の上から紙飛行機を飛ばしている。

孫の母親つまり小生の娘に知られると怒られるので、ばれないようにやる。

思うに近年あまりにもこれをしてはいけないあれをしてはいけないとの抑制が多すぎ、子供達が萎縮してしまっている。

毎日というわけにはいかぬが、月に一回位は駅前を紙飛行機位は飛んでもいいと考えている次第である。

そこで先日、東京の中央線のとあるターミナル駅から巨大な紙飛行機を飛ばし、どういうわけか見事に木の枝に着陸させたのはこの爺々である。

二〇一八年十月十四日

ロータリーの木の枝の上に見事にも
吾紙飛行機は着陸せしめり

また国立駅の高架下商店街の大きな魚店で、三十センチはあるかと思われる伊勢海老の巨大なひげを引っ張り、本体を水槽から上げ五歳と二歳の孫たちの英雄《ヒーロー》になったのは最近のことである。

魚屋に文句を言われたら、買えばよいと考えたのだが、金額もさりながらあんな大きな伊勢海老を誰が料理するのかと孫の母親や婆々らは思っている。

孫たちにはこれが男の生きる道だといつも言っている。

孫たちには人気があるのだがなあ。

二〇一八年九月二十六日　真昼　国立駅高架下商店街にて

孫の前で大きなエビのヒゲを持ち
水より上げれば爺々は英雄《ヒーロー》

さてまた上野の都立美術館前に、銀色の二メートル半はある巨大な球体のオブジェがある。その前を通りかかった時は、必ずステッキを上の穴から差し込み下で五歳になる孫娘のユカに取らせるのはこの爺々である。

この前もいつもと同様に差し込んだのだがステッキがユカの下におりてこぬのでその時はかなりあわてた。何しろ、美術品であるからな。たまたま晴れた昼間なのに傘を持った老人が近くにおられて、それを借り穴に差し込み吾ステッキを下におとすことができた。

ところで吾ステッキの冒険を語るとすればごく最近のことにふれなければならない。小生は大のサッカーファンである。長年振るわなかった日本サッカーがようやく世界の中で認められるようになってきた昨今である。

小生には思い入れのあるチームがある。日本サッカーのルーツチームの一つである大学サッカーの全国制覇五回の関西の古豪チームである。冬の大学選手権になると子供らを連れて、よく見に行っており、最近では孫らも連れて行くようになった。

五、六年前の優勝の時、我が家のゴンはこのチームのマスコット犬であり、練習の時グラウンドに居たぐらいである。

昨年実力が頭一つ出ている優勝候補チームとの準々決勝のことであった。延長も〇対一の終了間際のロスタイムに執拗にゴール前に迫り同点とし、ＰＫ戦となり、これに勝利した。

こんな嬉しいことはなかった。小生は思わずステッキをグラウンドに投げ入れた。これに気付く者は選手の中にいないと思われた。しかし不思議なことにシュートを決めた九番の加賀山選手がスタンドに差し上げて手渡してくれた。

これはさらにまた小生の喜ぶところとなった。こういう嬉しさは三か月から半年は続くもので、吾ステッキはそのことに貢献したのである。

「男はつらいよ」のトラさんのように反省の日々を送っているわけではないが、婆々、娘、孫娘たちの目は少し怖い。しかし、現在の時間と空間をいかに新たなものにできるか、ないしはできないまでもそれらを垣間見せられるかが詩人、歌人には問われている。それが男（爺々）の生きる道であり、へぼ爺々の詩人の魂である。

投げ入れし吾ステッキを加賀山が
取りて持ち来て破顔一笑

御伽の世界はすぐそこに

二〇一八年十一月二十三日

吉祥寺の元伊勢丹ビルの六階にある、めくるめきおもちゃ売り場を通り抜けると多摩最大の書店ジュンク堂書店がある。三年程前までは渡り廊下の突き当たりにスペイン系文学の書架があり、その中にガブリエル・ガルシア＝マルケスの『百年の孤独』もあった。

三年前にはよく孫娘と吉祥寺へと出かけ、その大きなめくるめくようなおもちゃ売り場をうろうろしてからジュンク堂書店に行ったものだ。当然おもちゃの続きで絵本を見たり読み聞かせもしたりするのだが、時々かくれんぼもした。広い書店の一角で二歳半の女の子と爺々のかくれんぼだから時々積んである本を落としたりした。女子店員たちは注意しなければならないがくすくすと笑って見て見ないふりをしていた。

そもそも小生の孫娘は小生の母（孫娘からみれば曾祖母）そっくりで、御伽の国のような年月を二〜三年過ごすことになった。

あれから三年もたって孫娘は来春小学一年生になる。もうあの頃の夢のような御伽の国の乙姫様のような世界はさすがにそのままではなくなってきている。

先日一緒にかくれんぼしたところを歩いてみた。日本古典文学の書架と絵本の書架との間の低く狭い抜け道を通った。冬なのに一瞬足元に春の風が吹いてきたような気がした。二歳半の女の子がまだその辺りにいるように思われた。

小泉八雲がよく口ずさんだ浦島太郎の世界、ニライカナイの世界、黄泉の国の世界を吾々日本人は今なお持っているのだなと思った。このような文明の下に生きて死んでいける幸せを日本人は忘れてはならないと思った。

めくるめきおもちゃ売り場を孫と貫け
ジュンク堂の書架　百年の孤独

馬に変身した柴犬のゴン

二〇一八年一月三日

夢を見た
都会の場末の雑居ビルの屋上のような所に私は居た
私の居るビルのすぐそばにこちらに跳び下りられる程の所に隣のビルの屋上があった
そこにバアさんが居た
バアさんはどういうわけか馬に変身している柴犬のゴンの背に乗っていた
私はバアさんと声をかけたがいつものようにぼやっとしておりこちらに気付かずあらぬ方向を見つめるともなく見ている
馬に変身したゴンはすぐに私だと気付いたらしく鼻をくんくん動かしている
しばらくして馬に変身したゴンはこちらの屋上にジャンプして来た
バアさんは向こうのビルの屋上でひっくり返って何が起こったのか分からず眼をパチクリさせている
ゴンが変身した馬は一回転してひっくり返ったが嬉しそうに私の頬をなめ続けている

古希も過ぎ行きかなり人生にもあきて、バアさんをはじめとして善良だがぼやっとした人間どもとも共生していくのに嫌気がさすこの頃ではある
だが、馬になっても跳んで駆けてくる柴犬のゴンがいる
まだこの先の人生において見られるものがあるのかもしれないと思った

変身し馬になっても吾下へ
跳びおりてくるゴンはいとしき

「壊れたはずのオルゴール」（Ye Banks and Braes・ドゥーン川のほとり）を作詞し且これを唄うに当たって

二〇一九年二月二十三日

スコットランドの国民的詩人ロバート・バーンズは英国のシェイクスピアに対比される詩人である。彼の詩「わが心高原に」に触発された国木田独歩は武蔵野に住み、都市化される大都会への思想的抵抗を策した。それが作品『武蔵野』である。

小生は高校生の頃この詩「わが心高原に」を読み感動した。暗唱できるまでになっていた。恐らくバーンズの大都会やさてはイングランドに対する対抗心があったのであろうが、スコットランドのハイランド地方である故郷へのひたむきな思いが、実によく表れておりそれが人々の気持ちになじんだのであろう。また小生の読んだ翻訳は実に日本語の韻もうまくこなしており、もう一度暗記してみたいものだと思っている。

「わが心高原に」は、次のような詩である。

「我が心高原に　我が心ここにあらず
我が心高原に　野鹿追いつつ
我が心高原に　いずくにありても
中略
さようなら豁流《こくりゅう》よ　さようなら音高く流れる水よ」

高校生の小生や恐らくは独歩も「我が心高原に　いずくにありても」「さようなら豁流よさようなら音高く流れる水よ」という節あたりに心を奪われたものと思われる。

さて彼の詩作品に「ドゥーン川の岸辺」というタイトルの詩がある。これも彼の作品の「蛍の光」や「故郷の空」と同様に学校唱歌にあるらしいのだが、今述べたこの二つの歌に比べ知る人は少ない。日本語の訳では「思いいづれば」というタイトルの歌になっている。それは、万葉集の防人の歌にある和歌から取った歌である。「父母が　頭かき撫で幸くあれて　言ひし言葉ぜ　忘れかねつる」（巻二〇：四三四六）から取ったのであろう。あまり歌われることもなかった。端的に言えば「蛍の光」や「故郷の空」等に比べると日本語の歌詞が完全に負けているのである。前二者の歌に比べるとディープな情念を感じさせるメロディであるため、万葉の歌に節を取ったまではいいのだが、二～三年会わなかった親に会うことを防人とパラレルに考えることにやや無理があろう。現代よりもはるかに血縁地縁の濃かった明治時代においても人々はそのことに気付いており、そこにこの歌が他の「故郷の空」「蛍の光」のように当時の人々が唄うことはなかった理由の一つであるのであろう。念のため「思いいづれば」の歌詞は以下のとおりである。

「一、思いいづれば、三年のむかし、わかれしその日、わが父母の、
頭なでつつ、まさきくあれと、言いしおもわの、慕わしきかな

中略

四、あしたになれば、門おし開き、夕べになれば、床うち払い、
父待ちまさん、母待ちまさん、早く帰らん、もとの国べに」

またメロディ自体はたいへん魅力的であるが、メロディと日本語の歌詞があまりうまく対応しているとは言えず、多くの人が歌うには歌いづらいものになっている。そのため、バイオリン、チェロ、ギター等で演奏する人はいても、歌う人は少ない。

そこで小生がこの曲に新たな日本語の詩を付けることにしたのである。きっかけは昨年末のインド・ナーガランド旅行の帰り際に立ち寄ったコルカタのレストランで、その去り際にこの曲が店内に流れたことであった。しかもガイドに聞くとこれはベンガルミュージックだということであった。確かにインド化と言おうか、南方化と言おうか、その影響を受け変化したメロディになってはいたが、これは明らかにスコットランドの民謡で、バーンズの「ドゥーン川のほとり」に違いなかった。

恐らくはイギリスのインド統治時代に、スコットランドから来た人が唄ったものをインドの現地の人々が唄い、このように変化し、ベンガルミュージックの中に取り入れ自分たちのものとしたのである。原曲よりも、より深い響きと感動を与えるものとなっている。一方「思いいづれば」という歌詞をつけた日本人はこの曲、このメロディを自己のものとすることが出来なかったのであろう。

国木田独歩がロバート・バーンズの詩に触発されてから、百年以上は経っているであろう。当時と違って今や武蔵野は独歩が大都会への対抗の基盤としようとした当時の力（自然主義文学）の面影はない。大都会の住人の休養の場としての側面が評価されているだけだと言えるであろう。しかし、今武蔵野近辺に住む小生がこの曲に新たな日本語の詩を作るのも、何かの縁かもしれない。孫たちや、愛する柴犬ゴンの動きから得た着想もあるが、武蔵野の林が我々に与えてくれる恩恵は今もなおあるのだということが、この詩を読む人、また小生の唄う歌曲「壊れたはずのオルゴール」（ユーチューブにて公開している）から感じ取っていただければ幸いである。

〈壊れたはずのオルゴール〉
――やわらかなり歳月――

作詞　屋繁男

一、懐かしのオルゴール　壊れたはずなのに
突然に鳴りだし　息をひそめて
のぞき込む二歳の　いたずらな少年
やわらかなり歳月　時はまた流れる

二、古希もすぎ行き　うれしき驚き
亡き母のうつし絵　吾孫娘
かの瞳もて　吾をば見つめる
やわらかなり歳月　時はまた流れる

三、朝もやの武蔵野の　林の中を
柴犬のゴンをつれ　ゆるやかに歩む
すれ違う人らの　慎ましき微笑
やわらかなり歳月　時はまた流れる

霊威ある御崎の風景とサッカーという運命に出会う歌人の一日

二〇一九年七月五日

〈御崎には霊がやどる〉

古希を二つも過ぎると、人生にあきたというか人間にあきたというか、そもそも人間に興味がなくなってきた。今会いたいのは風景とサッカーである。

大瀬崎は駿河湾に突き出した地形で、海岸沿いの海流によって運ばれた岩や土砂が帯状にたまってできた砂嘴《さし》です。その尖端には神池と呼ばれる池があり、海がすぐそばにもかかわらず淡水であり、何故ここに真水が湧くのか神秘の池とも言われ伊豆七不思議の一つにも挙げられている。

神池に到着すると傍らに御神木という表示があったので歩いていくと森になっている。しばらく行くと巨大な千五百年の樹齢の柏槙《びゃくしん》であった。久しぶりに巨樹に会ったのでしばしたたずみ眺めていた。恐らくこの神木はその先代の樹からも縄文時代の漁民たちの航路の目安となっていたに違いない。古代より西伊豆や相模湾の漁師たちがこの樹を目安にして航行したのであろう。

いや単に目安としただけではないであろう。すべて御崎は御という敬語がつくように海の霊威を受ける先端の陸地であり、漁師たちを守ってくれる土地の霊威の現れ出ている場所であったであろう。現代でも「岬めぐり」のような歌があるように人生に迷った若者が数ある御崎に引き付けられるのも、そのような霊威の残り物に魅せられているからに外ならない。

さらに、この樹の近辺には夕方暗くなりかけた時のために岩場に鏡石もあったことであろう。鏡岩といえば尾道の千光寺と、伊勢は伊良湖畔の沖合にある神島のものを見たことがある。前者は航行のためと認められたらしいが、後者は女性たちが顔を眺めるための鏡だと説明しているのには驚いた。縄文人の生活がもう少し分かってもよいはずだと思うのであるがいかがであろうか。その昔、足摺岬にあった唐人岩近辺の縄文時代の漁村には海に向かって大きな鏡岩があり、夜間にも星明かりの下で航行可能であったように言われている。

御神木を過ぎ入江の方へ行くとまだたくさんの大きな柏槙の木々が並んでおり、その一角に与謝野鉄幹の歌碑があった。

船を捨て異国の磯のここちして
大樹の栢《びゃく》の陰を踏むかな

昭和八年一月　与謝野鉄幹

そこで小生も次のような歌を詠んでおいた。

捨つるべき船はやなければ砂浜に
身をよじらせるあわれ柏槙

屋　繁男

〈漁と猟とサッカーは同じ象徴的行為性を有する〉

さて巨木や鏡岩に助けられて漁師が漁をするのは、今もそうである。板戸一枚地獄という危険もさりながら、人それぞれの才覚の差により漁獲量がずいぶんと違ったのであろう。そこが農業とは違うところである。漁というものは普通海でやる。海の枕詞は「勇魚《いさな》とる」であることを想起するだけで十分であろう。何故こんなことを考えたかというと、今夜見に行くところのサッカーの試合に臨む選手たちのことを考えたからである。彼らは猟、漁に行く若者たちの気持ちとよく似ていると言えよう。デズモンド・モリス氏の『サッカー人間学』によればサッカーというスポーツの基礎には狩猟時代からの人間の本性があり、ゴールという行為とその象徴するところのものは古代における供養につながるところのものである。つまり猟師と漁師とサッカー選手はよく似た象徴行為を行っていることになる。

〈サッカー選手の能力評価について〉

勝負の世界が持つ厳しさは当然であろうが、今日選手の持つ技量の問題をどう考えるかである。二つの視点から考えられる。一つは監督等の指揮者からの視点、もう一つは選手自身がどう考えるかの視点である。

速いとか当たりが強いとかの運動能力は誰でも見ればわかる。それをチームのシステムの中で生かすことができるかがサッカー選手の能力そのものなのである。例えば日本選手はいつもきっちりやることばかり考えて、特にシュートに至るとき、いつも遅れることが多い。近年はさすがに少しは早くなってきたが、それでもゴール前にボールを入れるいわゆるクロス・センタリングはなおかなり遅い上に驚くほど精度が悪い。要するにシュートを決めんとする味方への最終パスの間合いと空間処理がまだまだ世界のトップチームとはかなり差があるのである。

これを要するにサッカーにおいては自己自身の身体能力やボール扱いを中心とした個人の能力と、他の選手たちと守備や攻撃の手立てを共有する能力は別物だということである。個人の能力が高いため中・高校あたりまではトップクラスの選手であったが、大学やプロになるとさっぱりという選手はたくさんいる。要するに他者を使い又使われる能力を見極めることが指導者たちに問われており且大変難しい課題なのである。

又、選手たちにとっても自己の能力評価は簡単なようで大変難しい課題である。例えば、ある高校時代に有名であったフォワードの選手がプロになってゴールを決められず、不満に思いパスの出し手の選手の技量不足のせいにしていた。しかし監督曰く「お前が高校時代にキラーパスを出してくれていた選手は日本サッカー史上三本の指に入る選手で、お前の受け方にこそ問題がある」と。つまり、選手個々にとっても、何ができて何ができないか、実に判断が難しいのである。

〈運こそが実力という考え方〉

偶然と必然、運と不運がいつも付きまとうものに漁、猟以外に勝負事、戦争はもちろんだが様々なスポーツがある。その中でもサッカーは時に運不運ということが付きまとうスポーツなのである。そのポジション取りの才能と運とをいかんなく発揮してみせてくれたのは、前々回の女子サッカーのワールドカップの対米国戦における同点ゴールシーンであったことは記憶にまだ新しい。宮間、澤両選手のポジション取りとそのコンビネーションプレーが勝利への運を引き寄せたと言えよう。

日露戦争の時、海軍大臣の山本権兵衛は東郷平八郎を司令長官にすえた。その大きな理由の一つは東郷が大変運のいい男だったということであった。そういう意味で「運も実力のうち」という言葉をよく聞くが、「運そのものが実力だ」というような考え方が成り立たないわけではない。勝因の分析はもちろんある程度はなしえるのだが、近代的な因果関係的な分析という視点からは、その運なるものは説明しえないのだ。まさに運命といえるかもしれない。

昼間は、神と霊がまだいるような風景の中にたたずみ、夕方からは運、不運に翻弄される人間の営み、サッカーを見ようとするのがこの日帰り旅行の目論見であった。

さて、スタジアムでは試合が始まった。一方はJリーグ一部リーグで他方はJFLリーグという三ランクのカテゴリー差のあるチームのゲームである。小生はその気性から言って劣勢を予想する側に味方するのが常である。今夜も弱者の思い切った戦術、ジャイアントキリングを期待していた。しかし前半の二十分ぐらいにロングシュートを突き刺しリードし、後半も同じ選手がさらに二点をゴールしたためハットトリックを達成し、終了間際に他のフォワードがさらに一点を入れて四－〇でその弱いと予想される方が完勝してしまった。会場は大変な騒ぎになってしまっている。日本サッカー史上何本かの指に入る番狂わせになってしまった。特にハットトリックを達成した坂井将吾選手は、日本サッカー史上に名を残す選手となったと言ってよい。ひそかに大番狂わせの、ジャイアントキリングを期待してスタジアムまで赴いた小生の期待にたがわぬ結果への満足もさりながら、神様が舞い降りてきたかと思える坂井将吾選手の活躍に、その状況を作った彼の運こそが実力なのではないかと考えるようになった。

二〇一九年七月三日

これはまあ令和の伝説の誕生だ
ハットでジャイキリ　坂井将吾

柿本人麻呂「石見の海、なびけこの山」（万葉集一三一＋二番）を唄う――人麻呂のコード（言霊）に触れる――

二〇一九年六月五日

〈歌を忘れたカナリヤ日本人〉

日本人が歌を唄うのを忘れたカナリヤになったと言われてから久しい。かっての童謡、唱歌等を中心にした抒情歌はもちろん、かってのフォークソングやニューミュージックと呼ばれる歌等も全く歌われなくなった。ただ歌謡曲だけがテレビの力をかりて、わずかに命脈をたもっているという現状である。

そこである人々は近代明治以降の日本人の心の故郷といわれる童謡や唱歌を再評価して、日本人を再度唄うカナリヤにせんと努力しておられる。さらには中世や古代の日本人が唄っていたであろうと思われる歌を求め発見し、現代によみがえらせてみようと試みる人々もおられる。

思うに、我々日本人は固有の古代を持っており、万葉集の歌はあちこちにも歌碑があり現代人も詩的世界を共有している。そこで、万葉集の歌を現実に唄うという試みが以前から行われて来ているのである。

しかし、従来万葉集を唄うという試みはほとんど西洋音楽のスタイルないし枠組みの内に行われているため、めずらしさはあっても、日本人としては感性的にはほとんどなじめないものとなっている。これは戦前では、まだ半々としてあった日本音楽と西洋音楽が戦後西洋一辺倒になってしまったために外ならない。従って万葉集を何とか歌曲として唄っている日本人（ほとんどが女性歌手）たちの努力を裏切っている状況だと言わねばならない。中にはオペラ形式等で面白い試みはあるのだが、日本人のなじまない西洋音階の下に無理やり取り込もうとする点に無理があるのであろう。

〈万葉集と奄美、八重山の島唄〉

ところで歌人、詩人、さらには古代上代文学研究者等が、よく万葉集的な唄に出会うために南西諸島、特に奄美、八重山方面に赴き、そこの島唄を聞き感動したという話は聞いている。しかし彼らが奄美、八重山の島唄に感動してもそれにヒントを得て万葉集、特に長歌を作曲し一定の広まりをみせたという話は聞かない。確かに万葉集を歌曲にするには奄美や八重山の島唄にヒントがあるとする彼等の直感は正しかったのであろうが、先ほども述べた戦後の音楽状況とも合わせて、その目的をやりきるパワーもなかったと言えるであろう。

又現在の奄美や八重山の側にも、万葉集を島唄に引き付けて島唄の伝統とテクニックを生かして唄おうとする唄者もいなかったのである。さらに奄美にも歌人や詩人もいるであろうが、万葉の歌、特に長歌に曲をつけてみるという発想もなかったであろう。

ところで、人麻呂の短歌に「天離るひなの長道ゆ恋ひ来れば明石の門より大和島見ゆ（三巻二五五番）」の有名な一首がある。この大和島というのは河内と大和（奈良）との間にある生駒山のことである。古代人飛鳥や奈良の人々にとっては大和島根である生駒山を仰ぎ見る世界が一つの小宇宙であり、島世界であったはずである。そこで、奄美や八重山に島唄があるように大和（本土）にも島唄があるに違いない、いやなければならないと小生は考えたのだ。小生は大和（本州、九州、四国、北海道）の島唄を作ろうとしていたのだ。

さて小生は二十年来、奄美や沖縄や八重山の唄者らと競うことを目的として、歌合わせならぬ歌合戦を行ってきた。一人は、奄美島一番の唄者であり、一人は沖縄県の無形文化財である。島唄対日本抒情歌の対決ということであるが、今思えばずいぶん思い切ったことをしたものである。しかし小生の直感と実践は間違ってはいなかったのである。

彼等島唄の大家から自然と学んである程度の島唄を唄うことができるようになっている。そしてこのように彼等から得たものと、幼少から聞かされてきた歌謡曲や浪曲（ただし小生ら団塊の世代が聞いた浪曲は、元浪曲師が漫才師になって漫才の中での小時間のさわりだけのものであったが）がここにきて役に立ったと言えるであろう。さらには中高生頃に何度か行った朝日座での文楽もある程度、役には立ったであろう。当時栄光の浪速五座からはかなり離れて道頓堀とはいいながら日本橋筋からすぐの所にあった。「曾根崎心中」

や「女殺し油の地獄」等の演目には感服し驚かされた。すでに戦後二十年、日本人の伝統的歌謡の何が失われつつあるかを如実に感じさせられた。

〈人麻呂の言霊の力により唄う〉

これら上述の歌の諸々の方法をすべて「石見の海、なびけこの山」（万葉集一三一＋一二番）に投入することができたことは古希を二つ越えた身としては実に幸せなことというべきであろう。小生の歌い手としての人生は、このことをなすためにあったと言っても言い過ぎではない。

人麻呂の歌を吾々は、日本人の心の底の文化遺産だと思っていることは確かである。まして歌人はそうである。しかし歌人でさえもわかったような気持ちになって、彼の千四百年前の作品をいわば休眠化した記号にしてしまってはならない。そこから多少強引にでもコードを引っ張り出し少し弾いてみる必要があるであろう。

この試みを始めた当初、相方のバイオリニストは半年はかかるであろうと言っていたし、小生も当分は駄目だと思った。しかし、恐いもの知らずの精神と猛練習のおかげで思ったよりは早くとりあえずの完成に至った。嬉しかったものだから、奄美や八重山の島唄や日本抒情歌の世界を彷徨した小生の歌唱力のなしたことだと少しは自惚れてはみた。まして小生は歌人である。しかし、そうではなく、人麻呂の「石見の海、なびけこの山」（万葉集一三一＋二番）の力そのものであることを思い知らされた。今も日本人は彼以上の詩人を持ち得ていない。柿本人麻呂は今も日本一の歌人であり詩人であることがよくわかった。小生は、彼の和歌の持つ言霊の力によって歌わされたのだと言ってよい。（ユーチューブにて公開）

イニエスタ来日の文明論的意義

二〇一九年八月三〇日

日本文明を意識せよ

サミュエル・P・ハンティントンが、その著『文明の衝突』の中で、世界を八つの文明圏に分けて日本文明を、その一つとして認めたのは周知のことである。けれども、日本一国でのみ成立するとする孤立文明として位置付けている。又、中西輝政氏の『国民の文明史』においても、文明としても国家としても唯一の孤立したささやかなものとしての位置づけ方に終始している。

しかし、世界で最も貧しい大統領として知られるウルグアイのホセ・アルベルト・ムヒカ・コルダーノ大統領が、日本文明に対して大きな関心と尊敬を持って来日したのは近年のことである。彼は、日本が縄文時代以来、大量殺戮等の大きな軋轢もそれ程なく、先進国として現在に至っている日本文明そのものに多大な関心を持っていたのだ。けだし、そのような歴史的経過を持っている文明は日本ぐらいだと言ってよいからだ。その意味で日本文明の持つ普遍性を、吾々はもっと強調してよいものと思われるのである。

さて漫画家の里中満智子さんが万葉集を世界遺産にすることを提案しておられるが、まことに当を得たことと言えるだろう。万葉集五千にも及ぶ和歌にはその詩性だけではなく、実は古代日本人の思想性をも表現されており、まこと、なほき心、ますらをぶり等、そこはある種他の文明とは違った、深い倫理性を見てとることも可能である。このように日本文明をもっと世界に知らしめる努力を日本人はするべきだろう。そこには人類の未来を開く一つの可能性があると言えるからである。

動く世界遺産イニエスタ

ところで近年イニエスタ選手が、数ある国の中で日本を選んで神戸に来てくれたことは、本当に嬉しい限りである。金銭的には、はるかに多額の提案をした国もあったであろう。けれども彼は日本を選んでくれた。その理由は「日本の文化が好きだからだ」そうだ。

しかし、生きる世界遺産とも言われるイニエスタが、そのように言って日本を選んだのはこれから述べるように実は文明論的な意味があるのである。ある人いわくイニエスタが持つ最も素晴らしい才能は、周囲の選手を輝かせられる点にある。もし彼がいなかったら、メッシはバルサにおいてずっと早く疲れていたろうと言われるぐらいの選手なのである。

ところで、従来よりサッカーの強豪国と言われるのは、独国、仏国、英国、ブラジル、アルゼンチン、スペインといったぐあいで、スペインはその中でも最後に位置する国であった。パスを中心にした美しいサッカーをするのではあるが、他の強豪国には遅れをとっていた。しかし、システムの中で他の選手を生かすというサッカー哲学を確立し、美しいパスサッカーに更なる磨きをかけ、今までのどこのサッカーにもなかった強さを加味することによって、数年前のワールドカップ優勝に至った。この時の立役者がイニエスタなのである。今現在、世界のサッカー思想をけん引しているのは、バルサを中心とするスペインなのである。そして、その中心にいるのがイニエスタなのである。

私事にわたり恐縮だが、昨年末インドの最奥地に首狩の老戦士たちと会うために滞在した。早朝、薄汚れたホテルの石ころだらけのグラウンドで少年たちがサッカーをやっているのを見た。小生も参加しPK戦もやったが、かのスペイン、バルセロナのイニエスタ選手が日本のJリーグに加入したことを少年たちはよく知っていたのである。

サッカーが重要な文化としてもある欧州や南米の人々にとって、イニエスタは単に偉大なサッカー選手としてあるだけではなくて、文化的リーダー且思想者としてもあることを忘れてはならない。久保建英選手がレアルマドリードに入団したとかで話題になっているが、年若い選手たちは強いスペインサッカー選手に憧れているだけではなくて、今述べたようなサッカーのスタイル、文化さらにはその思想に憧れていることを忘れてはならない。思うに茶の湯、和歌、俳句等は、空間と時間を共にした他の人間をも輝かせる技法を持った日本文化の装置（instrument）といえよう。いや、他の人間ばかりではなく動、植物等の自然をも輝かせる方法を日本人は文化装置として持っていると言えよう。そしてイニエスタは日本に対してそのような文明論的な直感と共感を持つに至ったのであろう。

ところで、イニエスタの方はそのような文明論的認識のもとに彼の持つサッカー文化を伝えようとの目的で来日しているのだが、日本人の方はサッカーのことはもちろん、この文明論的な認識というものが分かっていない。

周知のように、日本はまだサッカー後進国で、野球のように国民の文化として定着してはいない。単純に言えば野球の母国米国と戦っても、五分とはいかなくても三回に一度くらいは勝利している。サッカーはこういうわけにはいかない。

日本人はサッカーを野球と同様に文化とできるか

日本が独国やスペイン等に三回に一度勝つなんてことは、ずっと先の話であろう。なぜなら野球は日本の文化的背景を力としたスタイルを持っているのに対し、サッカーはそれを持っていないからである。

サッカーの文化がないということは、一言でいえばサッカーでもって人生を語れないということであろう。この間、かつての三百勝投手である現解説者の鈴木啓示さんが、名将を語るというテーマで話しておられた。ご自分が選手として指導してもらった二人の名監督三原脩監督と西本幸雄監督について簡明に説明されていた。そしてご自分も現役終了後三年程監督業をやったが、サッパリだったとリアルに述べられていた。かつての大投手が選手と監督は違うということを明確に認識されておられて、日本プロ野球そのものの力量の程を感じさせてくれたものです。

しかし、日本ではかつて少しは知られた選手をほとんど経験もないのにビッグクラブが監督として起用し、数ケ月しか持たなかったというお粗末なエピソードが生じたのもつい数年前のことである。これに対してスペインサッカーでは次のようなことがよく知られている。現在J3のFC今治の監督として来日しているリュイス・プラナグマ・ラモスは、

十四、五歳くらいまで選手でもあったが、自分は選手としてよりも監督ないし指導者としての方が向いていると思い至り、すぐさま少年やユースサッカーの指導者としての道を歩んだ。その結果、スペインリーグ三部のチームの監督をまかされるまでになった。つまり選手としては全く成功しなくても、指導者としては成功するという典型的な例である。これもサッカーが文化として根付いているからこそできたことと言えるであろう。

またずいぶん前、徳島県の池田高校が高校野球界を席巻していた時、たしか横浜高校との決勝戦となった。超高校級といわれた池田高校がどんどん打って試合が前半でほぼ決まった状況下で、横浜高校の選手がニコニコしながらベンチの中にいることをベテラン解説者が叱ったことがあった。今勝負をしているのだから必死になっていかなければならないと。この解説者は関大野球部OBの池西さんであったが、大学や高校の野球にも伝統だけでなく、文化があり人生を語れるという力量があったのだ。日本のサッカーにはこれがほとんどない。

日本野球の管理主義的方向に対して、サッカーは自主性と自由を謳歌するようなことを言っていい気になっていたのである。その結果、日本代表はもちろん各年代代表チームも、ベスト8ないしはここで勝たないとダメ、つまり人生がかかっているという試合ではことごとく負け続けているというのが日本サッカーの現状といえよう。なお、このサッカーのスタイルないし思想については小生のブログで論じているので参照してください。（ブログ：屋繁男の世界「現代サッカーの根源にある思想について」二〇一二・一〇）

さて、サッカーのこと以上に大切なことはサッカーのことをも含めた文明論的観点である。かつてラフカディオ・ハーン、後の小泉八雲が来日した時、彼も文明論的な意味を求めて日本に来てくれたのだが、当初日本人はとてもそこまでは思い至らなかった。後々に、夏目漱石をはじめとした明治の文化人が西欧とは違った文明的価値を日本の中に把握しえたのは、日本の文化を的確に理解し愛してくれた八雲のおかげと言っても過言ではない。

このような好意を持って来日してくれる人に対して、少しはお返しをしなければならないであろう。それは文明論的なものとしてでなければならないであろう。幸い小生は歌人であるので、和歌を献じることにした。

時空を共にした他者をも輝かせる文化的装置（instrument）・日本の和歌が、その技量をはたして発揮できるかどうか、それは見てのお楽しみ。

八月十七日対浦和戦　八月二十三日対サガン鳥栖戦　二〇一九年八月二十三日

イニエスタがわれらに伝えるサッカーは

超ロングフリックパス　イスパーニャの魂振り

迷子になったＳＬマニアの三歳の孫

二〇一九年十二月三日

世田谷公園の中にＳＬランドというものがある。小中学校の校庭よりは少し広いぐらいの広場を、円形にミニＳＬが走っているのである。一般的な遊園地等にある電車などとは違って、本物のＳＬを小型にしたような、何とも言えぬ哀愁を誘うＳＬで、鉄道ファンにはよく知られたものである。

先日、三歳になる男の孫を連れて行った。まず一周乗った。その時ＳＬの円形グラウンドの外で子供向けに馬に乗せてもらえると聞いたので、ミニＳＬ駅の円形の反対側に、つまり円の直径を歩くように向かった。暖かい小春日和だった。我々一行が向かった左後方から、ポーッという懐かしげな音を立ててミニＳＬが我々の前を、あたかも誘うように過ぎて右方向へゆっくりと走っていく。それを見ていた三歳の孫はたまらなくなって突然走り出した。小生と婆々はあっけにとられてそれを見ていた。途中で追いかけるのを止めると思っていたのだが、彼はドンドン走っていきミニＳＬが見えなくなるあたりにあった小さな跨線橋を渡って向こう側へ行ってしまった。あわてた婆々は必死になって跨線橋の向こうまで走っていった。しかし孫は見つからず、彼女は×印の合図をこちらに送っている。

ようやく事の重大さに気付いた小生も跨線橋を渡り、現場に立った。そこは、子供らの雑多な手作りアスレチックや秘密基地のようなものでごった返していた。婆々は、彼がミニSLを追って行ったものと思い、必死に金切り声を上げ名を呼び走って行った。そして、跨線橋から、三十メートル程先にあるミニSLの駅まで行った。合図をこちらに送ってきたが、×印であった。婆々の孫を呼ぶ声が続いている。これは大変なことになったと思った。このごった返した人ごみの中から探し出すのは至難なことだ。仕方がないのであちこちを走り回る婆々とは逆に、小生はほぼ一点に居ながらあっちこっちと少しずつ移動しながら視点を変えて、それこそ眼をこらしながら人ごみの中を見つめていた。

十分位はじーっと見ていたが、それらしき影は見当たらなかった。さらに十分程たった。すると人ごみの中から小生の今いる跨線橋に向かって赤いものを小脇に持った幼児が、ゆっくりと移動してくる。孫だ。これは逃がしてなるものかと思い、足を速めて近づくと「こら、勝手に行ったら駄目でしょ……」とビシャーッと平手打ちを軽くくわせた。孫を叱ったのは初めてである。あちこちで金切り声を上げて探していた婆々も、ミニSLの駅員らからお孫さんが見つかって、跨線橋にお爺さんとおられると聞かされて、ようやく安どの表情を浮かべた。

この三歳の孫はいわゆる鉄道マニアで、小生は三度も都電荒川線に連れて行かされている。他に京王レールランド、その他、ＳＬの設置されている飛鳥山公園や中野の公園や、果ては青梅のＳＬ鉄道公園等である。そもそも爺々である小生の家にやたら来たがるのも、近所に電車車庫があるためである。

たいがいのことには甘い爺々である小生であるが、いまだ近所の跨線橋には連れて行かないでいる。そこは例の太宰治が富士山を遠望するためによく訪れたというところで、彼のゆかりの遺跡の中で唯一現存するものなのであり、近年は多くの鉄道マニアが見学に訪れるところなのである。そんなところに小生が孫をいざなえば、それこそ鉄道マニアを超えて鉄道中毒になってしまい、母親や婆々、爺々の目を盗んで一人で、その跨線橋に行くことは間違いないからである。今のところ、小学生になってからということにしてあるが、しかしいつまでもつかわからないのである。

二〇一九年十一月十日

人ごみに迷子になった吾孫は
消防車を小脇に現れ出でたり

結びにかえて
――日本文明と歌人の場所――

〈日本人にとって、自然は「最終的な主体」としてある〉

作家の三浦純氏が「自己というものはない」ことを説明するにあたって、井上陽水の「探しものは何ですか」を上げていた。つまり自己を探したって永久につきとめられぬのだから、僕と一緒に遊びませんかと言うのである。主体が自然の中の一定時間であれ、溶け込んでいる日本的自我をとらえた見事なナンパの呪術とも言えるものである。つまり、軟弱な男性が女性の方に「主体探し」を放棄することを勧めており、都合のよすぎる話ではあるが、男の方にも確たる主体（性）があって口説いているわけではないのである。

話はこれら井上陽水や三浦純らから飛躍するようだが、先の大戦の末期の特攻隊の青年たちも同じような主体と自然の関係がそこに見えていると言えるであろう。平成の平和な時代の詩人や作家と生命を捧げて軍神となった若者とを同列に置くとひんしゅくを買う向きもあるだろうが、主体と自然や事物との関係性ないしは心的現象としては同じである。

すなわち特攻隊の青年たちは、自己（主体）よりも自然や事物（この場合国家）の方を取ったのである。大戦当時、米軍の方は三十%以上の生還率のない作戦は強制しなかったと聞く。これは米軍が圧倒的優位にあるというだけのことではない。文明論的に生命の主体がそれこそ絶対に重要だと考えているからにほかならない。日本軍も人命を尊重しなかったわけではない。必死必殺作戦の特攻隊の青年たちも同様である。仕方なく情勢の経過の中でこのような作戦を受け入れたのである。当然自分たちの世代にこのような作戦を押し付けたことに対する恨みもあるであろう。しかし究極の選択として日本人は自己よりも自然や事物の方を「最終的主体」とすることがあるのだと言ってよい。小生はここで日本人は勇気があるとか、サムライ魂があるとかを言いたいのではない。あくまでも代表的な先進国の中で独特な生死観ないし死生観を持つ他と違った文明の型について述べているのである。

近年、戦時でなくとも神戸や東日本大震災においてこのような範例は日本人において行われている。一つは、この歌集の帯を書いていただいた門田隆将さん原作ドキュメント「死の淵を見た男」の大ヒット映画「フクシマ50」である。吉田所長をはじめとした原発の技術者らの生命を賭した行動である。原子炉建屋に到達するまでに、放射能被曝量がオーバーする可能性が高い。そもそも原子炉そのものが何時爆発するかわからない。自分の生命（主体）のことを考えれば撤退するところであるが、そうすると被害は途方もないものになるであろう。現時点で対処するしかない。行くに当たって若い者たちには突入させない、死ぬのは自分たち年寄りでいいと考え「フクシマ50」の技術者らは行動したのである。

もう一つは原子炉に水をかけなければならないとした状況判断の下に海上自衛隊のヘリコプターで大量の水を落下させた作戦である。これは大変難しい任務で、そもそもいつ何時爆発するか分からない原子炉の上空を飛ぶことの危険性は言うまでもない。先ほど述べた米軍の生還率三十％以上の危険を伴うものでヘリコプターパイロットと給水を行ったおそらくは射手の技量もさりながら、この作戦を指示した海上自衛隊司令官の決断に敬意を表することももちろんである。そこに日本文明の日本文明たる由縁を見て取ることは容易であろう。日本人は他に手段がない場合究極の選択としてそういうことをすることがよくあるのである。

ここで述べた論理をさらに深めるために、以下に論述することにする。日本人が自然や事物を最終的な主体としたりすることは、言い方を変えれば、日本人が事物にあこがれ、「物自体」と一体化せんと願うことでもある。これは西欧的な思想哲学の論理からすれば異常であろう。しかしこちらから見れば彼らの主体絶対主義の方こそが異様であり、今やその崩壊は明らかである。例の西田幾多郎の場所論によれば「存在する」とは主体の意思と「事物」とが合作することであり、「存在」とは主体の意思と「事物自体」とが合流する場と言えるのではなかろうか。日本の伝統的短詩を作る歌人でもある小生はこの「事物」と一体となりえた作品を読んだ時、何とも言えぬ幸福感に包まれるという体験も何度もしている。何とか、このことを言語化し、日本人の哲学を完成したいものと思っている。誰か哲学の徒にお教え願えれば幸いである。

〈日本文明とヨーロッパ文明の基本的な違い〉

このような古代神話の世界とでも言うべき日本文明は、西欧文明にとって大変な脅威と思われたに違いない。すでに大戦時ルース・ベネディクト女史によって『菊と刀』の中で恥の文化日本と罰の文化西欧というやや構造主義的な型でその文明の差異を説明してみせた。マッカーサーなどは日本人もキリスト教徒にすれば、日本人は改宗し、日本文明は変わると一時的には思ったはずだ。

しかし日本人、日本文明は変わらなかった。仏教ルネサンスに始まり神道（神社）ルネサンスが続き、日本の神々が復活し、アニミズムが復活している。

思うにこれらの流れは当然と言えよう。つまり文明論的な基盤が違うのである。つまり自己（主体）の側を究極的中心とする文明と自然や事物の側を究極的中心とする文明の違いと言えよう。

先進国の中でこのような神話体系の下に今なお生きる日本人はとてつもなく珍しい存在なのである。実はこのことの説明を日本人は諸外国に対して今なおしきれていない。しかし、日本文明の下に生きる者の立場から言えば次のように言うことができるであろう。至上の主体なるものが、自然や事物の奥にある秘密ないし法則を見つけ出し、それによって自然や事物を徹底して利用または活かしつくすようなヨーロッパ文明は実に理解しがたいものである。吾々も現在世界を覆い尽くしたヨーロッパ文明の成果の上においてその実り恵みを受け生活しているのは間違いないが、その文明の原理たるや日本文明の側から見れば、いまだに理解をこえたものなのである。

〈歌詠みの役割―歴史的現実世界と神話的世界とを取り結ぶ〉

現在の小説をはじめとした数々の日本文学はもちろん、映画やお笑い、漫才等においても、このような文明の体系がみてとれる。かつて、あるところで、小生は大阪の漫才のかけ合いの中にある古代性、神話性について言及したことがある。小生が強調したのは、数人の大阪の漫才師のうちに見られる傾向であった。具体的な例を上げれば「若井小づえ・みどり」の小づえがそうであった。彼女の漫才はその身を捨ててしまうような突っ込みつまりロジックともメタファーともつかぬ形で、または瞬時にどちらにも移行する方法で聴衆に迫るまさに語り口であった。小づえは残念ながら早世してしまった。

想像するに浪速的リアリストであった小づえは、生存する現実世界とメタファーの駆使される神話的世界とをしゃべくりで行き交うことができたのであろう。そもそも大阪は近代日本の現実世界を代表すると同時に、古事記や万葉集の地元でもあったことを忘れてはならない。

近代文明を開花させたヨーロッパ文明は「神話」装置によっては持ちこたえられぬところまで歴史が重く積み重ねられ、ないしは歴史に取り込まれてしまった社会である。つまりヨーロッパでは、その文学においても歴史的現実に厳しく目を向け、神話的世界観から抜け出す方向をとって、近代の文明を築いてきたのである。それに対し、日本社会は、先の大戦で多大な傷を負ったにもかかわらず、いまだに神話が機能して社会の安定を保つことができている驚くべき社会といえよう。

したがって日本文学の場合、明治以降、歴史的現実を目の前に認識していながらも、連綿と続いてきた神話的世界を文学の基礎から決してはずそうとはしなかったのである。その結果日本人はヨーロッパ人と同様な近代の「歴史的現実」を生きながら文学をはじめとする精神世界では神話的な世界を捨てはしなかったのである。

ところで現在ヨーロッパにおいて現代ヨーロッパ社会における神話とかトーテムとかが論じられるようになってきたことは周知の喜ばしいことである。ロランバルトやレヴィストロースによって神話的な発想が取り入れられようとしているのである。明らかに世界の流れは半世紀前とは変わったのである。しかし、今なお「歴史的現実」にわずかな風を当てる程度のものであることも確かであろう。これに対し日本人は「歴史的現実」と「神話的世界」に引き裂かれること一世紀半、両方の世界に生きて、驚くべき安定社会を築いているのである。しかし、よいことは二つ無いの例え通り最大の長所は最大の短所でもあることを、ゆめゆめ忘れてはならないのである。

著者プロフィール

屋 繁男（おく しげお）

昭和21年、大阪生まれ。
平成11年、第一歌集『歌なればこそ』（短歌新聞社）出版
平成19年、第二歌集『歌なればこそⅡ』（短歌新聞社）出版
平成23年、『歌の力　物語る力』（文芸社）出版
令和２年、第三歌集『歌なればこそⅢ』（文芸社）出版
現在、主としてエッセイ、評論活動に加え、抒情歌、シャンソン、島唄のライブ活動も行っている。

歌なればこそⅣ　屋 繁男歌集

2021年４月15日　初版第１刷発行

著　者　屋 繁男
発行者　瓜谷 綱延
発行所　株式会社文芸社
〒160-0022　東京都新宿区新宿1－10－1
電話　03-5369-3060（代表）
03-5369-2299（販売）

印刷所　株式会社フクイン

ISBN978-4-286-21511-2